GW00686304

ÉTOILES

Italienne, Simonetta Greggio écrit en français. Elle est l'auteur de cinq romans, *La Douceur des hommes* (2005), *Col de l'Ange* (2007), *Les Mains nues* (2009), *Dolce Vita 1959-1979* (2010), *L'homme qui aimait ma femme* (2012) et de deux recueils de nouvelles, *Étoiles* (2006), *L'Odeur du figuier* (2011). Elle vit entre Paris et la Provence.

SIMONETTA GREGGIO

Étoiles

NOUVELLE

FLAMMARION

L'auteur tient à remercier le CNL.

© Éditions Flammarion, 2006.
ISBN : 978-2-253-11986-9 – 1re publication LGF

À Vincent – et à Marius, son assistant – grâce à qui j'ai pu écrire sur du Mozart, du vosne-romanée et du thé à la violette.

« Tu sais ce que tu devrais écrire comme roman... L'histoire d'un type qui marche, à Paris. Il rencontre la mort. Alors, il part dans le Sud pour l'éviter. »

Marianne / Anna Karina,
Pierrot le Fou,
Jean-Luc Godard, 1965.

« Les hommes se divisent en deux groupes, pensa-t-elle. Ceux qui acceptent la vie comme elle vient et qui, quand s'allument les projecteurs, lèvent les bras, et les autres. Ceux qui font que parfois, au milieu d'une mer obscure, une femme les regarde comme elle le regardait en ce moment. »

Arturo Perez-Reverte,
La Reine du sud.

Il était si content d'être de retour.

Quelle histoire tout de même ! Épuisé, il n'avait qu'un désir : se couler dans le lit, prendre sa femme dans les bras, plonger le nez dans son cou et la respirer.

Elle se retournerait vers lui, les yeux encore fermés. Ah ! Glisser en elle et tout oublier.

Violaine si belle, si chic – le genre de fille célibataire cinq minutes tous les dix ans –, avait eu l'étrange idée de tomber follement amoureuse de lui un an auparavant. Il n'en revenait toujours pas qu'elle soit désormais sa femme.

Il introduisit sa clé dans la serrure, hors d'haleine à cause des marches montées quatre à quatre, et entra dans l'appartement. Il y faisait très sombre. Les lourds rideaux étaient tirés, la lampe de l'entrée éteinte. Au passage il jeta son bagage dans la penderie et se déshabilla tout en marchant, laissant choir ses vêtements au fur et à mesure de sa progression vers le fond de l'appartement ; il entra dans la chambre nu à l'exception de ses chaussettes tire-bouchonnées et d'une chaussure, sautillant sur un seul pied dans la tentative de l'enlever.

Un labrador courant au bord des vagues sur une plage déserte, les oreilles sur les yeux et la langue pendante.

Tout avait commencé à New York le jour précédent. Il y était arrivé gonflé à bloc, les pectoraux tellement enflés qu'il n'arrivait plus à respirer sans que sa chemise se déboutonne. D'ailleurs, un bouton avait sauté sur le devant, s'égarant dans la moquette épaisse des premières classes de l'avion.

Si l'affaire s'était déroulée normalement, il aurait fallu qu'il se dépêche d'aller se doucher et se changer à son hôtel. Ensuite, il aurait inauguré la soirée qui lui était dédiée par un speech de remerciement, mâché dans son anglais laborieux. Il se serait retrouvé projeté sur un podium illuminé, en smoking Dior, s'il vous plaît, cravate noire et plastron immaculé, les souliers tellement lustrés que sa bobine se reflétait dedans.

Il était le lauréat du prix du « meilleur chef de l'année, catégorie cuisine créative », ou plutôt *world's best chief in the artistic category*, ainsi qu'on l'avait gravé en lettres d'or sur le carton d'invitation.

Ce n'était que dans ce genre de documents officiels qu'on l'appelait encore par son vrai nom, Philippe Coimbra. Pour ses copains d'abord, puis pour tout le monde, il était Gaspard tout court. Ce surnom lui avait été attribué dès l'école maternelle, parce qu'il se hérissait comme un rat et devenait vite fou furieux dans les contrariétés. Il le méritait bien, étant effectivement très soupe au lait. Impossible de le contraindre à faire quelque chose qu'il n'avait pas totalement décidé lui-même. Il essayait d'abord de se faufiler, puis, s'il ne pouvait s'échapper, il attaquait. De plus, il détestait les protocoles, les salamalecs, les révérences. Celles qu'on lui faisait, et celles qu'il aurait dû faire.

Or, depuis quelque temps, il charriait les deux. Néanmoins, la reconnaissance venant cette fois-ci non seulement des critiques gastronomiques ou des clients mais aussi de ses pairs, il en était plus fier qu'il ne s'y serait attendu. Car c'était un jury de chefs du monde entier qui l'avait élu.

World's best chief in the artistic category... Pour un homme comme lui qui, à trente-six ans, voyait récompensées une obstination, une inquiétude, une rébellion intérieure toujours proches de la rupture avec l'ordre social et le politiquement correct, ce qui se passait depuis quelque temps était étonnant. Jamais Gaspard ne s'était plié à quoi que ce soit ; il avait longtemps rongé son frein, mangé de la vache enragée, mais il était têtu et avait avancé sur sa route étroite et sans visibilité avec une confiance aveugle en sa destinée. Sa première étoile décernée par le célèbre guide rouge l'avait stupéfait. La deuxième, il s'y attendait tout en se méfiant. La troisième était arrivée comme un cadeau de Noël. On avait crié au scandale, on avait crié au génie. Personne n'avait totalement raison ni complètement tort : ça tombait bien pour lui, et en même temps l'occasion était trop bonne pour le guide qui, accusant des ventes un peu faibles sur sa dernière édition, avait eu besoin de redorer son blason au plus vite.

Tout cela n'aurait pas existé de la même manière sans Violaine de Blancseing, son attachée de presse, qui avait su faire mousser l'affaire tout en le caressant dans le sens du poil, car ces jeux-là l'ennuyaient profondément.

Il y a des filles qu'on ne regarde que de loin. On ne saurait envisager qu'un jour elles pourraient ne serait-ce qu'accepter un baiser sur la joue. Cette bombe blonde à particule lui avait fait tourner la tête comme un verre de vin à jeun. Il s'en était approché avec des ruses de Sioux rampant derrière les dunes. Un Sioux qui, arrivé au ruisseau, en levant la tête voit les fédérés laisser tomber leur fusil pour l'applaudir.

Sa troisième étoile et leur mariage s'étaient succédé à un mois d'intervalle.

Le ciel au-dessus de New York était pâle, la poussière suspendue et les néons de l'aéroport cachaient la lumière des étoiles quand Gaspard, écumant de rage, avait pénétré dans le Boeing le soir avant.

Il n'avait pas reçu sa récompense. La Limousine blanche qui l'attendait devant la sortie n'avait pas bondi jusqu'à Manhattan. Le portier de l'Hôtel Pierre ne lui avait pas ouvert la portière, le bagagiste n'avait pas chargé sa valise dans le chariot doré ; il n'avait pas pris de douche dans un nuage de vapeur, il n'avait pas enfilé son smoking un peu raide et n'avait pas fait son speech.

La machine s'était grippée aux douanes. Le ton était monté, Gaspard ne comprenait pas ce qu'on lui voulait. Il était fatigué, excité, énervé. Cocktail redoutable pour tout le monde, certes, mais fatal pour quelqu'un d'aussi ombrageux que lui. Très vite, il s'était retrouvé enfermé dans une cellule capitonnée.

Il avait déjà entendu des histoires similaires, mais il était encore ébahi de la manière dont cela s'était passé. Rapidement et sans bavures on l'avait remis dans le premier avion pour Paris. À ses frais, naturellement. Et maintenant, alors qu'il avait dans la poche un billet de retour en première classe pour la semaine suivante, il était en train de revenir à Paris en classe éco, moins de vingt-quatre heures après être parti.

Une sourde colère lui ravageait l'estomac, vide depuis trop longtemps. Il accepta un mauvais thé et une madeleine, offerts par une hôtesse exténuée mais gentille. Il n'était pas rare que sa bonne tête lui attire l'attention des filles. L'hôtesse qui n'avait pas les yeux dans sa poche l'avait dévisagé, puis, ayant eu pitié de sa grande carcasse inconfortablement tassée dans un fauteuil minuscule, elle lui avait trouvé une autre place dans la rangée des sorties de secours. Au moins il n'aurait pas les genoux sous le menton. Si d'habitude Gaspard avait l'air d'un grand nounours un peu flou, en ce moment, fumasse et hirsute, il faisait un peu peur. Ses yeux bleus avaient noirci comme ceux des chats en colère, ses boucles sombres étaient toutes ébouriffées et il avait caché ses mains sous ses cuisses traversées de crampes, en essayant sans succès d'en arrêter le tremblement.

L'arrivée à Roissy était prévue pour 6 heures 30. Le taxi ne mettrait qu'un peu plus d'une demi-heure pour le déposer devant chez lui. Gaspard s'était assoupi sur son siège trop petit.

Quelques lapins broutaient les pissenlits déjà en fleur lorsque l'avion, tous feux éteints, s'était garé à sa place sur le tarmac de Roissy. La journée s'annonçait splendide, le ciel avait cette couleur encore indécise entre le violet poussiéreux et le céleste blafard qui, à Paris, est synonyme du printemps. Les premiers rayons n'allaient pas tarder à illuminer en biais les marronniers à peine verdis de sa rue : Gaspard avait eu, malgré lui, un grand soupir de lassitude et de soulagement mêlés lorsque le chauffeur de taxi s'était arrêté devant son immeuble. Il sentait déjà, en montant les cent trente marches – cinq étages – quatre à quatre, sans attendre l'ascenseur, les odeurs de l'appartement où il vivait depuis peu avec sa femme.

Souvent une bougie à la verveine brûlait sur la demi-lune en marbre de l'entrée. Ensuite, c'étaient les lys qu'elle mettait partout, puis le cèdre et les savons aux fougères de la salle de bains. Dans la cuisine il y avait une collection d'herbes, du basilic à la menthe poivrée. Dans la grande chambre c'était son odeur à elle qui prédominait, vanille, fleurs blanches, bois exotiques, des effluves qui évoluaient en un seul arôme. Une aura de fraîcheur entourait Violaine quand elle était en mouvement, odeur qui devenait très animale, quasi indécente, dès qu'elle était couchée. Il s'en pourléchait les babines d'avance, Gaspard, car s'il y avait chez lui quelque chose qui fonctionnait encore mieux que le goût, c'était l'odorat. C'était par le nez qu'on pouvait l'attraper, c'était l'odorat qui, chez lui, primait sur tous les autres sens. Il pouvait savoir si une chose était bonne ou mauvaise simplement en la reniflant. Quelque champignon vénéneux pouvait à la rigueur échapper à son pif : mais c'était de bonne guerre, il acceptait volontiers que la nature se cache parfois derrière de faux-semblants. La beauté était pour Gaspard bien plus trompeuse que l'odeur.

C'était sa femme qui avait choisi l'appartement, elle qui avait déniché le meilleur taux pour le crédit, elle encore qui avait vu les banques et négocié âprement. Il faut dire que lui n'avait pas eu le temps de s'y intéresser. Il se levait cinq matins sur sept à l'aube, partait faire le marché, revenait ventre à terre dans son restaurant, décidait le menu de l'ardoise, se mettait aux fourneaux avec son escouade et n'arrêtait plus jusqu'à minuit, la micro-sieste qu'il se concédait parfois l'après-midi mise à part.

D'habitude, les restaurants trois étoiles sont des usines à gaz : beaucoup de frais, de personnel, de ronds de jambe. Or, le sien fonctionnait de manière presque artisanale ; Gaspard était l'un des premiers d'une nouvelle race de chefs, qui s'affranchissaient peu à peu des grands groupes financiers et des cuisines de palaces.

Depuis que les choses allaient bien – depuis, en fait, qu'un associé était tombé du ciel à point nommé en lui proposant de s'occuper de toutes les charges annexes du restaurant –, Gaspard pouvait disposer d'un peu plus de temps. Cet homme providentiel, charmant, bien élevé, excellent gestionnaire, discrètement marié à une femme aussi terne que riche, modeste de surcroît, s'appelait Paul Duguesnin. En très peu de temps ce Paul avait pris une place considérable dans sa vie, allant jusqu'à tenir en ordre ses comptes en banque, chose que Gaspard avait toujours détestée.

Malgré cela, Gaspard ne réussissait toujours pas à maîtriser son emploi du temps. Un jour, c'était un journaliste qu'il fallait choyer, le jour suivant un photographe pour qui il fallait prendre des poses, puis une star en goguette qui réclamait toute son attention ou un collègue qui venait s'encanailler le soir... Il n'arrivait plus à retrouver son souffle. Et lorsque le dimanche arrivait, lorsqu'il savait qu'il avait devant lui un jour et demi de repos, il lâchait prise. Comme un acteur dopé par l'adrénaline, il ne supportait pas de ne plus être sous les lumières de la rampe. Quand il partait faire du jogging au Luxembourg, il avait la désagréable impression d'avoir les jambes en plomb.

Au bout de deux tours il était essoufflé et rentrait chez lui en pestant. Dans ce bel appartement de l'avenue de l'Observatoire, il fallait bien qu'il l'avoue, tout était si parfait qu'il ne savait jamais trop où était sa place.

Quand même, il était content, très content, d'être de retour. La seule place qu'il convoitait à cet instant précis était près de sa femme, dans son lit, la tête posée sur l'oreiller à côté de la sienne.

Il s'arrêta net sur le seuil de la chambre, puis se mit à siffloter quelques mesures de *Dans le château du roi des montagnes* de Peer Gynt ; c'était la bande-son de *M. le Maudit*, inoubliable pervers sexuel qui tuait les petites filles. Il avait vu ce film longtemps auparavant, mais allez savoir pourquoi, le refrain s'était fiché une fois pour toutes dans sa tête ; cette musique revenait, obsessionnelle, à d'étranges moments.

Pour l'instant, il se limitait à observer : on aurait dit que quelqu'un avait jeté une bombe dans la pièce, puis s'était enfui. La chambre, d'ordinaire un havre de paix, était ravagée. Les oreillers gisaient partout, éparpillés aux quatre coins, un abat-jour couvert d'un foulard rouge filtrait une lumière de fin du monde, une chaussure de tennis en velours grenat taille 45 ou 46 était posée sur un délicat coussin en dentelle.

Sa première pensée fut : « Jamais je ne mettrais des pompes pareilles. De vrais trucs de gonzesse. » L'antique prie-Dieu où d'habitude sa femme rangeait soigneusement ses vêtements était cul par-dessus tête. Il s'interdit la suite logique de cette dernière pensée. Il continua de scruter, immobile, le désordre autour du lit. Lorsque enfin ses yeux ne purent éviter plus longtemps l'amas qui palpitait sous la couette, il lui sembla à travers ses larmes qu'il y avait plusieurs personnes enchevêtrées dedans. La tête blonde de Violaine sortait des draps, les cheveux en éventail sur les soieries gris perle. Elle dormait profondément, elle dormait comme un bébé, le pouce entre les lèvres entrouvertes. Mais le pouce, Seigneur... le pouce, c'était celui de Paul, son associé. Qui la tenait étroitement serrée, une main sur son sein gauche, l'autre sur son visage.

Gaspard fit marche arrière très doucement, de peur de réveiller les deux amants. En s'apercevant dans le couloir qu'il avait toujours sa chaussure à la main il se pencha pour la poser près de l'autre, bien en équerre, puis se redressa, interloqué par ses propres réactions. En tanguant légèrement, il se dirigea, tel un naufragé qui vient de toucher terre, vers son royaume de toujours, la cuisine.

Il n'avait aucune envie de parler aux deux traîtres, aucune envie d'affronter leur désarroi, leur mauvaise foi, leur crainte peut-être, les explications, les larmes... quoi encore ? Que lui aurait dit Paul ? « Ce n'est pas ce que tu crois... » Il était tellement prévisible, ce type, tellement convenable, qu'il aurait bien pu lui dire ça sans rire. Et Violaine ? Violaine l'aurait fermée, sans doute. Jamais il n'avait pu prendre sa femme en flagrant délit de mauvais goût. Ni de bêtise. C'était bien sa veine, de tomber sur une blonde intelligente.

Dans la cuisine, toujours sur la pointe des pieds, les gestes sûrs malgré le tressaillement de ses mains, il mit de l'eau à chauffer pour faire du thé. Il en avait besoin, sa bouche était devenue subitement sèche, la langue comme un bout de moquette ; et surtout, surtout, il n'arrivait toujours pas à mettre les choses à leur place.

Que fallait-il faire maintenant ? Était-ce la première fois ? Étaient-ils amants depuis longtemps ? Quel était le sens de tout cela ? Si le ridicule ne tue pas, jusqu'où peut-il blesser ? Et la déloyauté ? La trahison ? Il se posait ses questions d'une voix intérieure qui lui semblait venir de très loin. Il était comme anesthésié. Pourtant ses mains tremblaient, pourtant il était assis à poil à 7 heures du matin dans sa splendide cuisine avec juste ses chaussettes très fatiguées aux pieds, pendant que dans la chambre Violaine et Paul récupéraient après une nuit qui avait dû être mouvementée. Mais il ne ressentait rien. Son cœur battait à grands coups lents. Tout cela lui paraissait, surtout, grotesque.

Il regarda autour de lui. La cuisine sur mesure, le sol en marbre qui devait venir de quelque palais italien désossé, l'évier du Quattrocento qui avait été un bénitier... les plantes aromatiques, les ustensiles brillants, les verres étincelants... Il pensa confusément que sa vie lui correspondait aussi peu que cet appartement somptueux. Son regard s'arrêta sur la machine à café programmée pour 8 heures. Machinalement, il considéra l'eau dans le réservoir. Violaine oubliait continuellement de le remplir. Elle oubliait souvent des détails comme celui-là. Ce matin toutefois tout était en place pour le petit déjeuner, le beurre, le pain dans un torchon blanc à liseré bleu à côté du grille-pain ; dans le frigo – il alla l'ouvrir, pris d'une soudaine curiosité – des œufs coque, du saumon, de l'aneth, et même une petite boîte de caviar. Si Violaine n'avait pas de mémoire pour des détails dont d'autres pouvaient s'occuper à sa place, jamais rien de ce qui concernait son plaisir n'était le fruit du hasard. Des images très précises lui vinrent aux yeux, son cœur s'emballa enfin comme celui d'un cheval devant un obstacle trop haut ; Gaspard détala vers la salle de bains.

Il est curieux de voir comme l'esprit se met à fonctionner dans des moments comme celui-là. Gaspard avait lu quelque part que l'essence même du mal, c'est l'ordinaire frappé d'anormalité. Il s'était demandé ce que cette phrase voulait dire exactement. Maintenant, il le savait : le mal, c'est la soudaine bascule du quotidien dans l'horreur. C'est ne plus savoir, tout d'un coup, quel est le sol qu'on foule. C'est votre maison qui devient la maison de quelqu'un d'autre sans même que vous ayez pu enlever vos affaires. C'est une porte qu'on vous ferme tellement vite au visage que vous n'avez pas le temps de ne pas la prendre sur le nez. Le mal, ce n'est pas l'absence de bien : ça brûle tout sur sa route, ça vous démolit quelques câbles au passage, et ça vous envoie chez les branques en moins de temps qu'il n'en faut pour le dire, avec votre complicité et la bénédiction de ceux qui vous aiment.

Lorsqu'il sortit de la salle de bains, il tenait à la main un flacon de laxatif dont il versa la moitié dans la machine à café. Le liquide, incolore et inodore, se mélangeait parfaitement à l'eau du réservoir. Il renifla : on ne pouvait pas le déceler. Tout compte fait, il versa le flacon entier.

En se rhabillant, dans une sorte d'anticipation il jeta un regard du côté des toilettes. Ses lèvres se déformèrent en un méchant sourire. Il les ferma à double tour, mit la clé dans sa poche, attrapa son bagage qui traînait dans l'entrée et abandonna la partie, prenant tout de même le temps de refermer silencieusement la porte de l'appartement derrière lui.

L'autoroute du Sud était déserte. La grosse voiture confortable ronronnait, le soleil inondait le macadam, mais Gaspard restait insensible à la douceur de l'air ainsi qu'à ce bout de printemps qui commençait à se déployer, maladroit, aux abords de la forêt de Fontainebleau.

Lorsqu'il était sorti de chez lui, il avait vagabondé un petit moment sans but. Ses pas l'avaient mené vers le parking où il avait récupéré son luxueux 4 × 4 noir – un caprice de Violaine. Depuis le début, cette voiture le laissait dubitatif. Il avait l'impression d'emprunter le véhicule d'un producteur de film porno ou d'un narcotrafiquant, même s'il s'était toujours bien gardé de faire part de cette réflexion à sa femme.

Il avait jeté son bagage à l'arrière et sans trop savoir comment il s'était retrouvé, désœuvré, devant son restaurant. Garé dans la petite rue qu'il connaissait par cœur, le moteur éteint, il était resté indécis quelques minutes, immobile, les mains serrées entre les cuisses. Il lui semblait que ce geste rassurant revenait de plus en plus souvent, ces derniers temps. Puis il avait claqué la portière de la voiture et il était entré. Retrouvant les odeurs de ce microcosme qu'il aimait par-dessus tout, il avait dû ravaler ses larmes à nouveau. La cuisine était déserte, rangée, propre. Même en son absence tout marchait comme sur des roulettes. Il avait écrit un petit mot à l'attention de son second puis l'avait déchiré, songeant qu'on le croyait toujours en train de récolter ses lauriers aux États-Unis.

Son inquiétant état d'esprit était-il dû au récent traumatisme ? Ou la fracture qu'il ressentait soudain si fort existait-elle déjà avant ? Tout ce qu'il savait, c'est qu'elle ne cessait de s'élargir, semblable aux fêlures qui s'ouvrent sous vos pieds pendant un tremblement de terre : depuis ce matin il se rendait compte qu'il pouvait tout quitter, même le restaurant, sa création, sa vraie maison ; la mécanique bien huilée roulait sans problème quand il n'était pas là, personne n'avait vraiment besoin de lui. Son second, qu'il avait bien dressé, tenait fermement les manettes en cuisine. Quant à sa femme, on pouvait dire qu'elle était fermement tenue par son associé. Il avala un flot de salive amère, et un sentiment d'immense solitude l'envahit. Il verrouilla la porte derrière lui – la deuxième depuis ce matin – et repartit.

Il prit au hasard la direction du sud. Il n'avait aucune idée de l'endroit où il allait. Il était seul.

Il ne craignait pourtant pas la solitude, Gaspard. Il s'y était habitué depuis le temps. Enfant unique d'un couple charmant et réservé, qui l'avait conçu au seuil de la vieillesse et en avait été le premier étonné, son père et sa mère l'avaient manié avec des attentions vaguement embarrassées, puis avaient disparu en trois mois à peine, le confiant à une tante tout aussi adorable qu'eux, tout aussi vieille et digne. Tout aussi vite dépassée, puis trépassée.

Gaspard était un gentil garçon un peu sauvage. Ses copains l'aimaient bien mais le tenaient à distance. Lui, bourru, toujours en manque de tendresse, se retrouvait ainsi le plus souvent aux côtés de leurs mères, dans leurs cuisines qui sentaient bon ; elles lui mettaient la main à la pâte plutôt que de le voir les bras ballants. Il apprenait à couper net les légumes, à peler correctement les fruits, à faire un roux, un beurre blanc ; il apprenait la différence entre une tarte et une tourte, entre une pâte brisée et une pâte feuilletée, et tous les menus secrets des bonnes cuisinières. Il avait été initié à la cuisine par ces femmes douces, plus fasciné par leurs gestes calmes que par les jeux bruyants de ses camarades.

Lorsqu'il avait eu quinze ans – tante Rosalie s'enfonçait tranquillement dans une grande vieillesse quiète –, il avait été en quelque sorte adopté par un garçon plus âgé que lui, également fils unique, également farouche. Il s'appelait Bruno et il était pilier de l'équipe de rugby. Si Gaspard était costaud – il jouait deuxième de mêlée –, Bruno l'était plus encore que lui, ce qui le poussait tout naturellement à endosser le rôle d'un grand frère. Son père, mort quand il était encore petit, l'avait laissé seul avec sa mère, Sonia. Elle était toute jeune, à peine une quinzaine d'années de plus que lui, dix-sept ans de plus que Bruno. Son joli visage était éclairé par des yeux de bleuets toujours un peu ahuris. Elle avait des longs cheveux châtains attachés en queue-de-cheval, et un tic émouvant et un peu troublant : elle glissait ses cheveux dans la bouche et les suçotait.

Le jour où elle lui avait appris à faire des macarons il était tombé amoureux pour la première fois. Les jolies mains potelées aux doigts blancs de Sonia s'étaient retrouvées constamment dans ses grandes paluches à lui pendant qu'il apprenait à faire des boulettes homogènes de poudre d'amande, de blanc d'œuf et de sucre.

Il ouvrait le four pour contrôler la cuisson des macarons quand elle s'était approchée de lui, se penchant par-dessus son épaule. Gaspard s'était dressé et retourné d'un seul mouvement, comme s'il avait été piqué par une bête, se retrouvant ainsi bouche à bouche avec elle. Il avait fui la cuisine, rouge de honte, le sang battant aux tempes, et n'était retourné chez son copain Bruno qu'une dizaine de jours plus tard. Lorsque enfin il était revenu, un peu à reculons, Sonia l'avait accueilli aussi gentiment, aussi timidement que d'habitude. Gaspard s'était demandé s'il n'avait fait que rêver toute cette fièvre, ce trouble et cette attente.

Mais une autre fois, pendant qu'il touillait une sauce dans une grande poêle, elle avait trempé un bout de pain et le lui avait tendu, le mordillant ensuite à son tour, comme pour jouer. À nouveau ils s'étaient retrouvés bouche à bouche mais cette fois-là Gaspard avait attrapé Sonia bien solidement, léchant aveuglément sur ses lèvres le basilic et le sel.

Il avait fallu jeter la poêle et tout son contenu, devenu noirâtre et méconnaissable, mais ce premier baiser aux parfums de tomates, de thym et d'ail lui était resté dans la gorge, l'empêchant de dormir, de manger, l'empêchant de vivre jusqu'à ce que Sonia, toujours aussi ahurie, toujours aussi gentille et timide, lui apprenne à se servir de ses autres talents naturels.

Les gestes deviennent automatiques quand on conduit. Les pensées s'égarent et vont souvent plus loin qu'on ne le voudrait. Pourquoi pensait-il maintenant à tout cela, Gaspard ?

Un vent de printemps s'était levé, une de ces brises qui annoncent à la fois l'été, les lucioles dans les foins, et les odeurs de tilleuls qui engourdissent mais ne font pas dormir la nuit. Ce vent-là il l'avait senti avant même d'ouvrir la fenêtre du 4 × 4, il l'avait humé dans les circuits d'aération, il l'avait, véritablement, vu se déplacer dans les herbes folles au bord de la route. En actionnant le mécanisme qui baissait toutes les vitres de la voiture l'écho de la voix de Sonia était revenu lui murmurer à l'oreille : « Les macarons, c'est comme toi : craquants au-dehors et moelleux en dedans. Il faut bien fouetter pour que ça devienne du cristal. Du cristal de vent. »

Il avait envie d'appeler n'importe qui, quelqu'un qui l'avait aimé à un moment, quelqu'un qui pourrait lui rappeler qui il était.

En se tortillant, pendant qu'il continuait de tenir le volant d'une main, il plongea l'autre dans sa poche arrière. Pas de téléphone portable. D'habitude, c'était là qu'il le gardait. Il ne savait pas s'il l'avait perdu, s'il avait glissé de son pantalon quelque part entre les États-Unis et la France, ou s'il l'avait oublié à la maison.

Il tâtonna et trouva autre chose à la place. La clé de chez lui. Il la regarda, puis la jeta par la fenêtre. Il trouva aussi une autre clé, plus petite celle-là : c'était celle des toilettes. Il la jeta également, un ricanement cruel aux lèvres.

Il continua à rouler, la tête de plus en plus vide, le poing qui givrait son cœur de plus en plus serré.

C'est ainsi que débuta sa période d'errance.

Pendant des jours et des jours, Gaspard zigzagua entre les vignobles de Bourgogne. On posa devant lui de nobles chassagnes et des pouligny fastueux, mais il n'avait pas soif. Il s'arrêta ensuite aux meilleures tables du Sud-Ouest. On lui servit des foies gras cuits sur les sarments de vignes, mais il n'avait pas faim. Il prit des chambres dans des palaces sur la Côte d'Azur ; de la terrasse on voyait la mer scintiller, les lits étaient blancs et accueillants, mais il n'avait pas sommeil. Il lui sembla un soir qu'il avait envie d'une femme : il dragua une belle créature qu'il regarda se déshabiller comme on regarde un zèbre dans la savane. Il la mit rapidement à la porte, encore plus embarrassé qu'elle.

Il se sentait dédoublé : le Gaspard qui s'était battu, avait roulé des mécaniques, s'était acharné et avait craché du feu, le Gaspard vorace, inassouvi et têtu s'était esquivé ; maintenant il regardait l'autre, celui qui était resté, se rapetisser, recommencer à se ronger les ongles comme dans sa petite enfance, pleurer d'impuissance et d'autocommisération.

Ce mélange de stupeur et d'apathie finit par devenir son état normal. La seule chose qu'il aimait faire, c'était rouler, rouler et encore rouler. Il s'abrutissait de bitume, avalait des centaines de kilomètres, s'assoupissait sur les aires de stationnement, se garait dans les stations-service et achetait de mauvais sandwichs, buvait des litres de café innommable et grignotait des chocolats trop sucrés. Il pouvait rester des heures à regarder les voitures filer sur l'autoroute sans penser à rien, avec juste la perception sourde de ce mal tapi au fond de lui qui lui rongeait le cœur et suçait son essence vitale, se nourrissant de son passé autant que de ses rêves.

Puis vint le point de non-retour.

Il traversa par hasard Avignon, ville qui l'avait vu heureux et comblé dans une autre vie. Il y chercha inutilement une chambre, d'abord dans les beaux établissements qu'il connaissait, la majestueuse Mirande, le Prieuré bucolique. Le luxe, il s'en fichait, mais ce jour-là il lui était plus agréable d'être malheureux dans l'opulence que dans la privation. Au moins pouvait-il se dire que les dernières années il ne s'était pas cassé le derrière pour rien : « Tu es pété de thunes maintenant, mon amour », disait Violaine quand elle jouait à la blonde écervelée, chose qu'elle réussissait remarquablement bien. Puisque c'était comme ça, il en dépenserait de pleines poignées, se laisserait vivre un petit moment, et puis... et puis on verrait bien.

Il pensait n'avoir plus rien à faire de l'argent et de ce qu'il pouvait procurer, mais il s'aperçut avec plaisir qu'en fin de compte il avait faim ; il était fatigué aussi, il aurait bien dormi dans une chambre claire et douce, et peut-être que le lendemain matin, comme par magie, le monde aurait retrouvé sa consistance habituelle. Il pourrait alors abandonner derrière lui ce magma glauque qui lui tenait lieu de réalité depuis trop de jours.

Mais tous les établissements d'Avignon étaient complets. « Désolé, monsieur, demain c'est le 1er Mai, les chambres sont réservées depuis longtemps. »

Dans un petit hôtel charmant, l'Atelier, qui donnait sur une placette de Villeneuve-lès-Avignon, le réceptionniste voulut bien appeler quelques auberges un peu excentrées, où peut-être il resterait encore une chambre. Il finit par en trouver une. Avec un grand sourire, il fit part de sa découverte à Gaspard :

« C'est un bel hôtel, mais il est un peu loin et plutôt cher... Je ne sais pas si vous en avez entendu parler. »

Gaspard eut un instant d'arrêt. Il connaissait bien l'endroit, il y avait passé un week-end avec Violaine, deux jours au lit. Il ne dit rien, secouant vaguement la tête pendant que le réceptionniste disait :

« Il s'agit vraiment de l'une de plus belles adresses de la région... Si cela vous convient, je vous réserve une chambre. »

Gaspard acquiesça, toujours muet.

« Puisqu'on est à la veille d'un long week-end, on vous demandera un acompte immédiat. Il faudra un numéro d'autorisation pour votre carte... Cela ne vous dérange pas ? »

Rien ne pouvait déranger Gaspard, perdu dans un souvenir aussi vague que poignant. Il le refoula et attendit, pendant que la sensation de faim se décuplait, le mordant, le faisant saliver d'avance ; il l'accueillait avec délectation, c'était si bon de retrouver ce désir-là, cette avidité animale. Pas un appétit, non, vraiment une faim féroce. Une envie de fougasse chaude aux olives, de côtelettes d'agneau grillées au thym, d'un chèvre mi-sec avec une salade d'herbes mélangées, comme il la faisait dans son restaurant. Et tout cela accompagné d'un rouge un peu rude, ensoleillé... un gigondas, ou un cornas, tiens... Il connaissait la cuisine de l'auberge, peut-être un peu trop traditionnelle à son goût, un peu... primaire... mais quoi, allait-il faire la fine bouche, alors que tout lui revenait comme un cadeau, la faim, la soif, le sommeil.

Le regard mi-compassionnel, mi-soupçonneux du réceptionniste mit Gaspard très mal à l'aise : « Je suis désolé, monsieur, votre carte ne passe pas. »

Par acquit de conscience, une fois dehors Gaspard chercha un guichet automatique. La carte fut avalée aussi sec.

Dans la poche il avait un billet de 500 euros dont personne n'avait voulu et de la petite monnaie, le réservoir du 4 × 4 était à moitié vide et dans son petit bagage il ne restait plus rien de propre sauf le smoking Dior tout neuf, encore enveloppé de son papier de soie. Gaspard reprit la voiture ce soir-là après avoir mangé un kebab avec des frites molles. Le jus lui coula sur le menton et tacha définitivement son dernier pull-over propre, un cachemire cadeau de Violaine.

Il roula droit devant lui sans savoir où il allait, jusqu'au moment où les larmes l'aveuglèrent ; tout ça ne ressemblait à rien, ne menait à rien. Les blessures de son orgueil étaient si profondes que même son instinct de conservation finit par se taire.

Quand on vous fait très mal, la seule revanche qui vous reste est celle de vous en faire plus encore. Il était prêt pour toutes les conneries quand il arrêta le 4 × 4 sur le bord de la route. Il en descendit sans la fermer à clé, car tout ce qu'on aurait pu lui voler avait déjà été pris. On avait cambriolé son cœur, dévalisé ses chimères, il avait été dépouillé, escroqué. Il était fini.

Sans rien voir autour de lui, il avança sur un sentier qui devenait de plus en plus étroit et escarpé. Il marcha longtemps, pleurant, toussant, trébuchant, s'arrêtant parfois avec des longs soupirs qui devenaient des injures et des malédictions à l'adresse de Violaine, de Paul, et de cette chienne de vie. Il y aurait bien un ravin, une falaise, quelque chose, enfin, qui pourrait faire l'affaire.

Il fut surpris par la pluie. Une grosse goutte tomba entre le col de sa chemise et sa nuque, électrisant sa colonne vertébrale. Il voulut alors revenir sur ses pas, mais il était complètement désorienté. De plus, la nuit tombait. Il ne savait plus par où il était venu, et il se retrouva devant plusieurs intersections d'un chemin qui s'assombrissait au milieu d'un chaos de hauts rochers.

Les gorges encaissées, obscures et moites, tapissées de lichens, transpiraient des gouttelettes d'eau qui enflaient puis se rompaient, pour recommencer immédiatement à enfler : d'abord une pointe de diamant, puis une larme, ensuite une perle, un œuf de caille, et, plouf, le processus se remettait en marche. Gaspard était trempé mais il n'avait pas froid, la longue marche l'avait réchauffé. Il s'enfila dans une brèche entre les rochers et se retrouva dans la tiédeur d'une sorte de tanière au sol recouvert d'une écume de mousse d'un vert profond. Dehors la pluie tombait régulière, de temps à autre des gouttes explosaient en gerbes transparentes devant l'ouverture de cette espèce de grotte. Gaspard écouta, huma l'odeur de la terre et des fougères, de la pluie et des feuilles, puis sans s'en apercevoir, tranquillement, il s'endormit.

« C'est la vieille... elle est morte. » L'envie de café de Gaspard luttait contre cette information contrariante. « La vieille, c'est ma tante... et elle ne peut pas vous faire du café... puisqu'elle est morte. » Gaspard hésita, puis demanda s'il pouvait se faire un café tout seul.

La matinée avait pourtant bien commencé. À l'aube, une lumière argentée avait fait briller les fines gouttelettes encore accrochées aux parois de la grotte. Gaspard avait ouvert un œil puis l'avait refermé, ébloui. Alors un rayon doré, en ricochant, était venu se lover sur son visage, sur ses bras et sa poitrine. Avant même de rouvrir les yeux il s'était aperçu qu'il souriait, parfaitement serein, détendu, reposé. Il avait faim et soif, il avait des impatiences aux jambes ; il était sorti et s'était longuement étiré, en bâillant à s'en décrocher les mâchoires. Il s'était mis en route presque en courant, avec le soleil qui se levait, impressionnant, devant lui.

Puisqu'il ne savait pas du tout par où il était venu, il avait pris au hasard le premier sentier bien élagué ; très vite il avait rattrapé un chemin plus large, où il avait rencontré une chèvre. Elle l'avait suivi en bêlant jusqu'à la maison qui se dressait plus loin, tout en haut de la colline où aboutissait la route blanche. De la petite bâtisse s'élevait un filet de fumée ; quelques tables en bois avec des nappes à gros carreaux sous une tonnelle annonçaient que la buvette était ouverte.

Gaspard avait eu la bouche inondée d'envie de café, la tête lui avait tourné, et il avait eu du mal à réprimer le flot de plaisir qui était monté de sa poitrine. En un instant il avait réintégré l'homme qu'il avait toujours été, enchanté par des joies simples, direct comme un uppercut au menton, marchant seul sur sa route, au soleil.

Bon, le décor ressemblait un peu trop à l'idée qu'on se fait de la Provence de Pagnol, mais puisque la réalité est parfois aussi romanesque que les livres, pourquoi eût-il fallu qu'il s'en plaigne ?

Maintenant, ce garçon éploré venait de lui donner cette mauvaise nouvelle. Enfin, mauvaise... son envie de café, plus forte que les conventions, l'avait poussé à s'occuper d'abord – très égoïstement, il devait bien le reconnaître – de ses appétits. Le garçon avait dit oui à tout : Gaspard s'était coupé une grosse tranche de pain qu'il avait abondamment beurrée, versant dessus un miel presque liquide, blond et parfumé, dont les cristaux luisaient maintenant autour de ses lèvres et sur sa barbe naissante. Le jeune homme avait suivi tous ses mouvements de ses yeux gonflés de chagrin. Rassasié, Gaspard l'avait accompagné jusqu'à la chambre où gisait une vieille dame qui avait l'air de dormir, le visage rose et blanc, les cheveux bien coiffés, les mains jointes sur un crucifix en bois.

Le garçon regardait Gaspard comme si c'était à lui de prendre les choses en main. Un peu embarrassé, Gaspard s'agenouilla, remua les lèvres dans une sorte de prière dont, à défaut de se souvenir des mots, il savait encore la musique, puis se relevant il prit le jeune homme par l'épaule, et alla se refaire un café.

Le neveu s'appelait Guymar, contraction de Guy et Marius ; il était là depuis deux jours à peine, sa vieille tante l'avait fait appeler pour qu'il lui donne un coup de main car elle se sentait un peu fatiguée. « Je ne pensais pas qu'elle lâcherait la rampe aussi vite : on est des durs à cuire dans la famille, vous savez. Remarquez, elle allait quand même sur ses quatre-vingt-trois ans, la tante. »

Assis sous la tonnelle, Gaspard et Guymar discoururent jusque tard dans la matinée. Le maire du petit village vint se joindre à eux, puis arrivèrent quelques vieilles dames, quelques vieux messieurs, le curé, et un type en costume noir râpé qui avait tout l'air de travailler pour les pompes funèbres. Gaspard se retrouva aux fourneaux, le neveu de la morte étant incapable de bouger un doigt, et fit à manger pour tout le monde. Il prépara une pissaladière géante dont il trouva tous les ingrédients, parfaitement rangés, dans un garde-manger. Il mit sur la table quelques bouteilles d'un rosé qu'il avait rafraîchi au préalable dans le seau du puits derrière la maison. En fin de journée, la petite assemblée avait l'air ravie. La morte était partie dans l'après-midi, emportée par de solides gaillards dans une caisse en pin.

Tout le monde se prépara à partir alors que les étoiles commençaient à briller dans le ciel. Ils s'en allèrent en une longue procession désordonnée, jacassant, gais comme des pinsons. Le rosé de la vieille les avait échauffés, pensaient-ils, pour la dernière fois, mais cela n'avait pas l'air de les rendre mélancoliques.

Les habitants de Bijoux – Bijoux, dont on prononçait le « x » final, était le nom de la minuscule bourgade à cinq kilomètres de la buvette, en contrebas de la colline – donnaient l'impression d'être plutôt sages et quelque peu fatalistes.

Une fois seuls, les deux hommes rangèrent tout, se partageant les tâches. Puis ils s'assirent l'un près de l'autre. Gaspard interrogea Guymar sur les funérailles, prévues pour le lendemain. Le neveu haussa les épaules. Il fallait qu'il descende le matin pour se mettre d'accord avec le curé. Ce n'était pas la file d'attente à l'église. Bijoux ne comptait que 117 habitants – enfin, 116 maintenant – mais bon, il fallait bien faire les choses. Guymar dit à Gaspard qu'il y avait 42 enfants, dont 8 préadolescents, une quarantaine d'adultes en état de procréer, et que pour le reste, c'était un chapelet de plus ou moins vieilles personnes. Il lui raconta aussi d'autres choses.

Les maisons en pierre blonde du pays étaient dispersées entre les collines, dans une nature encore si peu domestiquée que les touristes, pourtant abondants dans la région, évitaient le village. Les Parisiens s'arrêtaient dans des auberges de luxe où les souris, les araignées et autres serpents n'avaient pas droit de cité. Or, à Bijoux il n'y avait qu'une taverne dite « De la vieille louve », un endroit mirifique et lugubre encastré entre deux falaises noires très hautes, et une charmante bastide fichée entre des champs de lavande, dont la patronne aimait les animaux à tel point qu'il y avait cinq chats, autant de chiens, des chevaux et des brebis. Et mon Dieu, il n'y avait pas un Parisien pour rattraper l'autre, ils étaient tous allergiques à au moins l'une de ces bêtes.

Depuis un bon moment déjà, Gaspard écoutait le neveu d'une oreille distraite. Il était absorbé par une drôle d'idée. Elle s'était présentée au seuil de son esprit à un moment de la journée, et depuis, même s'il ne cessait de la refouler, elle allait et venait à sa guise, s'imposant tranquillement.

Enfin... il se faisait tard, n'est-ce pas ? Guymar exprima le souhait que Gaspard participe à la cérémonie du lendemain, puis, timidement, il lui demanda s'il pouvait l'aider à fermer la buvette pour toujours, puisque lui ne pouvait plus s'en occuper. Baissant les yeux, il confessa qu'il ne savait même pas faire cuire un œuf. Il était venu pour aider à servir, faire la vaisselle, couper le bois, etc. Pour le reste, il était totalement nul. De plus, Gaspard avait bien dû le remarquer, la route qui menait à la buvette était bien trop étroite et trop escarpée pour les voitures, et d'ânes, dans le village, il n'y en avait plus. C'est pour ça que personne ne voulait venir s'en occuper : il n'y avait que les marcheurs et ceux qui allaient grimper là-haut qui continuaient d'y venir, par fidélité et par habitude.

Les yeux de Gaspard brillaient quand il interrogea Guymar, presque brutalement, sur la succession. L'autre le considéra longuement, intrigué par le ton soudain de son interlocuteur. Ils se scrutèrent en silence pendant de longues minutes, puis Gaspard mit la main à la poche et lui posa le billet de 500 euros dans la paume ouverte. Guymar referma sa main et dit : « Affaire conclue. Je vous loue la buvette jusqu'à l'automne. Après, on verra. »

Ce fut ainsi que le lendemain à six heures, sur la route principale du village poudrée de rose par le crépuscule, le cercueil de la vieille dame de la buvette eut l'honneur d'avoir au premier rang Gaspard Coimbra en smoking Dior.

Gaspard, le probable successeur de Bocuse, Ducasse et Robuchon. Gaspard, parmi les chefs les meilleurs et les plus brillants du monde, avec Ferran Adrià et Pierre Koffmann, venait de prendre la succession d'une vieille dame inconnue, dans une buvette du fin fond de nulle part, et souriait béatement dans le soir tombant, heureux comme lorsqu'il avait décroché sa troisième étoile au Michelin.

La première nuit que Gaspard passa seul dans la maisonnette fut très étrange : il s'endormit à neuf heures du soir, exténué. Trois heures après il se réveilla et se redressa d'un bond, le cœur qui battait follement. Il se calma peu à peu, puis, les bras sous la tête, il songea les yeux ouverts pendant des heures, avec le cri de la chouette pour le tirer de temps à autre de ses réflexions. Il se découvrit à la fois aux anges et terrifié par le curieux virage que sa vie venait de prendre. En même temps il se sentait, pour la première fois depuis longtemps, parfaitement à sa place. On lui avait tout pris, d'accord, mais pas le principal : son noyau intime, qui avait fait de lui ce qu'il était devenu. En plus, il avait recouvré sa liberté.

Il sortit nu et grelottant au petit matin, poussé par l'irrésistible désir de pisser dans la nature – chose qui l'avait toujours empli d'un plaisir sans mélange. Un pâle croissant de lune se cachait à demi sous de gros nuages et dans l'air rôdait un mélange indéfinissable de romarin, de chèvrefeuille et de lavande. Les narines grandes ouvertes, Gaspard s'en donnait à cœur joie. La lavande primait sur les deux autres senteurs avec son petit côté astringent, cette odeur d'enfance et de propreté qui allait parfaitement avec ce qu'il ressentait.

Désastre égale nouvelle chance, dit un vieux dicton chinois. Puisqu'il avait cru avec Violaine tenir son destin – piège de mec vieux comme le monde, se dit-il avec un certain dédain a posteriori, que ce besoin d'avoir la plus belle femme, la plus grosse voiture, le plus d'argent et de visibilité sociale possible – puisqu'il était obligé, à nouveau, d'errer, autant le faire avec le plus de légèreté possible. Seul et inconnu ! Tout était à nouveau possible. Ceci dit, pour faire ce dont il avait envie il lui fallait remettre à neuf un tant soit peu le matériel de la buvette.

Or, *Chez Tonton j'ai faim*, on manquait de tout. Le nom improbable de la buvette était l'idée d'un autre neveu de la vieille dame, qui avait travaillé avec elle à l'ouverture après avoir passé quelques années à Bamako, sur les rives du Niger où ce genre de cantine sauvage abondait. Le four, à l'instar de ses homologues africains, était extravagant. Quant au réfrigérateur, il venait d'une brèche dans l'espace-temps. Gaspard n'en revenait pas car, tout cuisinier chevronné qu'il était, il n'en avait jamais vu de semblables. Et les fourneaux... Seigneur, si seulement on avait pu appeler cela des fourneaux. Son cœur de chef se serra, jamais il ne s'était rendu compte du bonheur que c'était d'avoir un « piano » comme il l'avait eu dans son restaurant. La chose, alors, lui avait semblé couler de source, ainsi que la centaine de milliers d'euros que l'ensemble de sa cuisine avait coûté.

Pendant l'après-midi il avait été récupérer sa voiture. Il l'avait ramenée et garée dans une remise à lavande en bas, dans le village, mais elle était au nom de sa femme, il ne pouvait donc pas la vendre. D'autre part, plutôt crever que demander quoi que ce soit aux deux autres, à Paris. Il ne lui restait qu'une voie : emprunter de l'argent à la seule personne qui aurait fermé son bec, la seule qui ne l'aurait pas trahi, le seul copain qu'il lui restait malgré le silence des dernières années : Bruno, devenu assureur et père d'une petite fille qu'il élevait seul, sa femme s'étant enfuie quelques années auparavant avec un saltimbanque. Au moins Gaspard ne courrait-il pas le risque d'entendre des blagues idiotes sur son cas. Un mec gentil avec les faibles et dur avec les méchants, ce Bruno. Un vrai, quoi. Qu'est-ce qu'il s'était passé ? Où s'étaient-ils perdus ? C'était sans doute autant sa faute que celle de Bruno. Ou alors c'était simplement la vie. Des croisées de chemins, bizarres comme celui qui l'avait emmené jusqu'à *Chez Tonton j'ai faim*. Ce nom le fit à nouveau rire, et il décida de ne pas en changer, de la même manière qu'on ne doit pas changer le nom d'un bateau.

Il fallait aussi qu'il décide du genre de repas qu'il pouvait préparer *Chez Tonton*. Il n'y avait rien au frigo, rien dans le garde-manger, mais pouvait-il laisser partir des clients sans leur donner à boire et à manger, si d'aventure le lendemain il en venait ? Il était certes un peu tôt, la saison n'avait pas encore commencé. Il résolut d'appeler Bruno de la cabine téléphonique de Bijoux. Il en profiterait aussi pour aller acheter quelques provisions. À crédit, car il n'avait plus que quelques pièces de monnaie en poche.

Nourrir ses semblables est l'une des missions les plus nobles qui soient. C'est le sens premier de la cuisine. Gaspard, depuis ses débuts avec les mères de ses copains d'enfance, recherchait une justesse. Un équilibre entre terre et ciel, entre esprit et corps. Il avait toujours prôné l'immédiateté du geste, cette pertinence de la légèreté, comme une dignité, une contenance qui serait la vraie valeur du savoir manger.

Cela consistait en une forme de concentration, de méditation et d'offrande. Choisir des légumes, des fruits, de la viande et du poisson sur un marché, décider la meilleure manière de les arranger, de les découper, de les cuire, de les servir, tout cela, c'était une forme d'amour. Il l'avait désappris à force d'œuvrer dans un restaurant trop cher, trop chic, trop loin de ses premières amours.

Il lui restait maintenant à le redécouvrir.

Des jours tous semblables s'enchaînèrent alors les uns aux autres, légers et gais, mélancoliques et vifs, aériens et doux comme un concerto de Chopin.

Il n'avait pas été aussi fatigué depuis des années, depuis ses débuts comme plongeur puis commis de cuisine, en fait. En entrant dans la chambre, tard la nuit, il était comme un poulet sans tête tâtonnant en aveugle jusqu'à son perchoir.

Le mois de juin était arrivé et reparti. Même s'il était un peu tard pour la saison il avait planté un potager en bordure du bois, avec des plants de tomates, des aubergines, des salades frisées et des radis, des courgettes, des pois de senteur qui s'enroulaient autour des tuteurs avec des fleurs aux couleurs aussi tendres que des robes de débutantes. Il avait semé les graines de tout ce qu'il avait pu trouver sur le marché, fruits et fleurs pêle-mêle, courges pour l'automne, potirons et potimarrons, poivrons rouges et verts, piments d'Espelette et piments oiseaux, une qualité d'aubergine couleur de lait frais et une sorte de tomate violette. Il avait d'abord disposé toutes ces plantes bien régulièrement, avec les petits fossés pour les irriguer et de grosses pierres choisies avec soin pour les contenir, mais, au bout de quelques jours, dans une espèce d'excitation fébrile, il avait tout planté et semé ensemble : menthe et jasmin, rosiers et sauge, coriandre, persil, basilic, pommes de terre, topinambours, crosnes et rutabagas. Il avait bêché et soulevé la terre, conviant les merles aux ripailles de vers de terre bien gras. La terre était sèche, blanche et effritée en dessus mais noire et humide en dessous. Ça sentait fort les couches de feuilles mortes successives, l'humus, le crottin de chèvre. Les racines aussi fines que des cheveux qu'il cassait en enfonçant sa pelle suintaient une liqueur claire, une lymphe qui lui piquait le nez et lui faisait cligner des yeux. Les orties qui lui couvraient les mains de cloques sentaient aussi très fort, un peu comme des épinards ébouillantés. Ses narines étaient à la fête ; il lui arrivait souvent de s'arrêter de travailler, muet de bonheur, avec des vertiges qui étaient comme une houle exquise.

Il s'était mouillé aux brèves averses tièdes, il avait rougi, pelé, puis il avait bronzé uniformément jusqu'à la taille, et des mollets aux pieds, sous le soleil qui devenait de plus en plus féroce. Il avait minci, son ventre et ses bras étaient redevenus comme quand il jouait au rugby avec son ami Bruno. Il ne s'était presque pas aperçu de tous ces changements survenus peu à peu, jour après jour. Il savait juste qu'il ne s'était pas senti aussi bien depuis très longtemps. Si, comme il le pensait, le corps d'un chef est l'ambassadeur de sa cuisine, alors, finalement, tout cela commençait à ressembler à quelque chose.

Bruno était venu un jour, en vitesse. Il n'avait pu rester que deux heures mais il lui avait apporté de l'argent, son soutien, son indulgence aussi – ainsi qu'un doux baiser de la part de Sonia – et lui avait promis de revenir plus tard, pendant les vacances du mois d'août.

Gaspard avait pu acquérir quelques appareils de cuisine tout neufs dont il était ridiculement fier. Il avait été très difficile de les faire venir, notamment le premier, un énorme frigo. Le neveu de la vieille avait raison, même les 4 × 4 ne parvenaient pas au bout du sentier. Il avait donc été obligé de louer un de ces véhicules à crémaillère qu'on utilise couramment dans les villages perchés. Pour acheter le four et les fourneaux il n'avait pas assez d'argent ; il continuait donc d'utiliser ceux de la vieille, qui en attendant des temps meilleurs s'étaient révélés étonnamment efficaces. Le garde-manger aussi était parfait pour les légumes et les fruits ; Gaspard avait acheté un grand matelas et fait fabriquer un grand cadre simple en noyer par le menuisier du village. Il avait fait cadeau du vieux lit, car il en avait vite eu assez de dormir les pieds au-dehors. La chambre par ailleurs était restée dans le même état, les murs blancs chaulés avec l'ombre contournée du Christ crucifié qui avait suivi la propriétaire dans sa dernière demeure, la commode remplie de draps et de serviettes en lin brodé qui allaient au museau pas rasé de Gaspard comme une coiffe en dentelle à un saint-bernard.

Pour le reste, il avait juste dû, au début de son séjour, reclouer quelques tuiles qui fichaient le camp quand il y avait du vent. Mais maintenant le bon temps des aménagements douillets et du jardinage était fini et il lui fallait tous les jours se demander ce qu'il allait pouvoir inventer pour donner à manger à ses clients. Leur nombre avait augmenté de manière exponentielle. D'abord quelques randonneurs méfiants s'étaient pointés pour renifler le nouveau venu, l'intrus auquel ils n'étaient pas accoutumés. Il avait failli être rejeté avant même d'être mis à l'essai par ces gens dont la trempe était aussi inusable que la fidélité. Ils commanderaient ce qu'ils avaient l'habitude de manger chez la vieille : omelette aux poivrons en entrée et épigrammes d'agneau grillés aux herbes en plat de résistance. Gaspard ne voyait aucun mal à les satisfaire, ces produits-là ne coûtaient rien. Il pouvait les cuisiner et les servir les yeux fermés. Mais au bout d'un petit moment il avait apporté des variantes au menu fixe, puis proposé d'autres mets. Les nouveaux plats étaient également très simples, savoureux et économiques, mais un brin plus élaborés, et ils lui donnaient plus de plaisir : des terrines avec des tranches d'un pain de campagne qu'il faisait cuire lui-même dans le four en pierre remis en état, des cuisses de lapin confites aux fruits secs, des côtes de bœuf à la moelle avec les premiers légumes de son potager... Peu à peu, le bouche à oreille avait fonctionné et des tablées de promeneurs enthousiastes se succédaient *Chez Tonton* de 9 heures du matin jusqu'à la nuit noire. Les premiers Parisiens avaient même commencé à montrer le bout de leur nez, garçons en polo et filles aux lunettes noires qui jouaient du téton sous la tonnelle.

Et un soir, à la fin du mois de juillet, tout s'enraya. Comme dans les films lorsque tout est au ralenti avant le crash. Comme quand on tombe amoureux sachant que c'est comme entrer dans la mer, et qu'il vous faudra nager ou couler.

Les cigales s'apaisaient à peine, le monde était rose et bleu. Gaspard traînaillait en rangeant les verres, vêtu d'un « Marcel » gris de sueur et d'un pantalon taché, son visage de doux géant couronné de boucles hérissées luisantes de graisse, les yeux vagues de fatigue. La lassitude bienfaisante qui courait dans ses veines et dans ses muscles appelait le repos ; il n'attendait plus, fourbu, que le départ de la dernière tablée quand un petit chien noir et blanc s'élança dans la cuisine en aboyant. Gaspard le chassa à coups de pied. Courroucée et penaude, trépignant sur des longues jambes, la fille la plus ravissante que Gaspard eût jamais vue le poursuivit en l'appelant inutilement.

Gaspard trébucha maladroitement sur le seuil de sa cuisine, glissa et se retrouva aux genoux de la fille, les yeux levés vers elle comme on les lève vers la Madone lorsqu'on fait un vœu.

Le chef était cuit. Bouilli comme une betterave. Consumé, calciné. Il marchait à dix centimètres au-dessus du sol, il fit déborder le café trois matinées de suite ; et pour la première fois de sa vie il rata complètement une cuisson. Ça n'allait plus du tout depuis le soir où la sauterelle avait fait son apparition pour disparaître aussi vite qu'elle était venue ; elle, son chien et son chaperon, une dame qui était l'homologue féminin du Vieux Campeur – il semblait même à Gaspard qu'elle mâchonnait un trèfle – s'étaient comme volatilisés.

Il se tâta prudemment, le chef, car Violaine avait été comme une épine sur laquelle la peau s'est refermée, qui ne peut plus sortir mais qui fait un mal de chien. Un mal de chien... quel mal de chien ? Gaspard se découvrit avec surprise tout propre, lavé à grande eau ; une voiture neuve étincelante au soleil.

Sa première pensée du matin était pour l'inconnue. La dernière, avant de s'écrouler dans son lit, aussi. Malgré tout, il se rendait compte qu'il pourrait très bien ne plus la revoir : il ne savait pas qui elle était, ni comment elle s'appelait ni d'où elle venait. Mais si elle était en vacances elle reviendrait, il n'y avait pas tant de loisirs dans le coin, et *Chez Tonton* était devenu « l'incontournable de la saison », comme on l'écrivait dans l'article que lui avait consacré le quotidien régional. Un article sans photos, Dieu merci : pour rien au monde Gaspard n'aurait voulu qu'on le repère. Qui sait si quelqu'un s'était déjà aperçu de sa disparition, dans le petit monde de la gastronomie ? Pour ce qu'il en savait son second, excellent, bien rodé, allait pouvoir tenir la route à sa place pendant encore quelque temps.

Qu'est-ce que les deux autres avaient pu lui dire ? Il lui était attaché, son gars, il était avec lui depuis un bon moment. Peut-être les deux traîtres lui avaient-ils raconté qu'il avait fait une dépression, ou qu'il s'était barré avec une fille. Va savoir. De toute façon, leur fiction ne tiendrait pas longtemps. Pour l'instant, les vacances les arrangeaient plutôt, mais ils devaient écumer de rage en voyant que leur poule aux œufs d'or ne refaisait pas surface. Personne en tout cas n'avait dénoncé son absence. Les gazettes se seraient chargées de l'affaire, sinon, puisque *Match* avait fait, à l'époque, sa couverture avec la tête de Violaine couronnée de fleurs d'oranger. Ce reportage sur leur mariage avait été orchestré par Violaine elle-même, en exclusivité. Heureusement sa tête à lui, Gaspard, était tournée de l'autre côté sur cette couverture, et curieusement le photographe du magazine n'avait pas réussi à le flasher correctement pendant tout le reportage. Il gardait donc, par chance, son précieux anonymat.

Mais les jours passaient et la jeune fille ne revenait pas. Il essayait de se raisonner, Gaspard : il l'avait vue dix minutes cette donzelle, qu'est-ce que ça pouvait bien changer à sa vie ? De plus, son chien était insupportable, un roquet imbuvable. Gaspard détestait les petits chiens, ces saucisses remuantes qui se croyaient tout permis et que leurs maîtres traitaient comme les huitièmes merveilles du monde. N'importe quoi.

Les jours passaient donc, et Gaspard était obligé de mettre les bouchées doubles car les clients se bousculaient au portillon. Les randonneurs avaient définitivement cédé la place à ces frimeurs de Parisiens, lesquels après avoir goûté les petits vins de tonnelle du coin réclamaient maintenant champagne, vins fins, et plats de plus en plus recherchés sous leur simplicité apparente. Ils mordaient à l'hameçon, les salopards. Gaspard enrageait, mais en même temps il se sentait un peu dans la peau de Romain Gary récoltant des lauriers en tant qu'Émile Ajar. Alors il continuait d'enrager tout en jubilant, et refusait de changer quoi que ce soit à ses menus ; il commençait même à gagner de l'argent, et il attendait.

La première fois que Gaspard vit Stella nue, il en tomba du lit. Ce qui n'était que la suite logique de la première fois où il l'avait vue tout court, lorsqu'il était tombé à ses pieds. Elle était si fine que la lumière de l'aube la traversait, l'éclairant toute de rose comme un coquillage. Elle était si décharnée qu'on lui comptait non seulement les côtes, mais tous les os. Elle était si immatérielle qu'elle disparut quand Gaspard approcha ses pattes d'ours et sa grosse truffe de ses seins minuscules. Gaspard se réveilla le cul par terre, après un de ces rêves d'adolescent qui vous transforment en tison.

Il l'avait rencontrée au marché ce matin-là, seule, sans chien et sans chaperon. Ses cheveux noirs coupés à la diable balayaient sa nuque frêle, caressant au gré de sa marche sa poitrine de passereau. Elle était grande mais marchait un peu courbée avec les pieds en dehors, comme une ballerine au repos. Ça lui faisait les jambes en x, ce qui fit sourire Gaspard. Ses longues guiboles nues, à peine brunies sous une jupe très légère, tricotaient les allées des marchands des quatre-saisons. Elle reniflait un cornet de vénus très aillées qu'elle venait d'acheter. En la suivant sans qu'elle le remarque il l'avait vue goûter un coquillage ou deux du bout des lèvres. Ensuite elle avait regardé autour d'elle et s'en était débarrassée dans une poubelle, l'air coupable. Le cœur de Gaspard s'était serré. Si seulement elle consentait à le regarder... à boire un verre avec lui... à revenir *Chez Tonton*.

Ce fut elle qui l'aborda. Il était absorbé dans des stratégies alambiquées, plus compliquées les unes que les autres, quand elle le fit sursauter en le saluant tranquillement. Ce fut elle qui l'invita à boire quelque chose au bistrot du marché – un verre d'eau pétillante avec une rondelle de citron pour elle, un ballon de rosé pour lui. Elle encore, qui gazouilla à propos de tout et de rien. Elle, qui lui parla de son travail de costumière de théâtre, de sa fatigue, de ses vacances bien méritées et du temps qu'il faisait, alors qu'il essayait de bredouiller quelque chose de sensé. Oh ! à propos, son nom était Stella. Stella Amor.

Ce fut elle qui lui donna rendez-vous *Chez Tonton*.

Il avait briqué la cuisine. Nettoyé à fond le réfrigérateur. Lavé les nappes à carreaux. Acheté au marché des produits qu'il ne pouvait habituellement pas se permettre et qui avaient absorbé une partie de son pécule. L'hyperactivité qui l'avait tenu éveillé jusqu'à l'aube avait culminé dans cette espèce d'évanouissement et dans ce rêve où il avait eu l'impression de la tenir – enfin, presque. Maintenant, d'un moment à l'autre, elle allait arriver. Il servit sans entrain une table de bonnes sœurs toutes jeunes, des novices peut-être – il n'y connaissait rien – habillées en noir et blanc, pimpantes et vivaces comme une nuée de pies. Il était déjà quatre heures, et toujours pas de Stella. Les jolies filles, se disait Gaspard de mauvaise humeur, sont comme ça : des promesses, des oublis, des distractions, des comédies. Il servit des cafés, des thés et des tisanes, puis il mit à la porte tout le monde et alla s'étendre sur son hamac, énervé et fatigué par sa nuit sans sommeil. Il s'endormit immédiatement, une main dans son short, selon son habitude.

Quand il se réveilla, Stella, noire contre le crépuscule, le regardait en riant. Pendant qu'il dormait elle lui avait passé un brin d'herbe sous le nez, lui frôlant les oreilles et les lèvres ; elle avait réussi à le faire éternuer. Et maintenant cette petite sotte rigolait, se moquant de lui. Encore à moitié dans le coaltar il se dit : « J'ai pas entendu son petit chien affreux. Il est où ? » puis : « Heureusement j'ai ôté ma main de mon short. » Rien que d'y penser il en eut les oreilles pourpres. Pour qu'elle ne les voie pas il allongea son bras, et, l'attirant contre lui, il lui roula la pelle du siècle.

La porte de la buvette resta fermée ce soir-là. Un panneau se balançait dans la brise : « Pardon, Tonton malade. »

Gaspard, pâle d'amour, raide dingue de cette Stella dont il ne savait rien, était reconnaissant à la jeune fille de ne pas avoir ramené le chaperon ni le roquet. Entre deux baisers, Stella lui expliqua que le chaperon en question s'appelait Marisa Monroe, que c'était sa collègue et sa meilleure amie. Le festival d'Avignon les avait épuisées toutes deux, et, une fois les représentations terminées, Stella était restée là, hôte de Marisa qui était – lui assura-t-elle – bien plus douce qu'elle n'en avait l'air. Même Nick-le-chien était mignon, il ne fallait pas que Gaspard se fie à cette seule rencontre, à cette intrusion brutale à laquelle elle ne pouvait repenser sans rougir.

Pour Gaspard, elle aurait pu être en train de réciter l'annuaire ou Baudelaire, ou de lui tenir un cours sur la théorie quantique : il ne faisait que suivre les mots qui se formaient sur ses lèvres pour éclore magiquement dans l'air. Il n'entendait rien, il ne pouvait arrêter de contempler Stella avec une candeur de cannibale ; il scrutait ses lèvres coussinets, un peu enflées par les baisers, celle de dessus plus fine, recourbée aux coins, celle de dessous longue et charnue. Il ne pouvait cesser d'aller boire à la bouche de la jeune femme aux dents d'en haut légèrement proéminentes, ni de coller sa propre bouche sur son visage et son cou, les yeux fermés, l'inspirant, l'aspirant presque, comme il l'aurait fait d'une fleur fraîchement éclose.

Elle sentait le thé et l'églantine un peu âpre. Elle ne se dérobait pas, soupirant à son tour comme si elle avait un gros chagrin. Mais lorsqu'il s'éloignait d'elle pour la regarder, elle souriait, ses yeux sombres embrasés de petites étoiles.

Elle lui avait révélé la cause de sa venue tardive, un malaise qu'elle attribua à une crise d'hypoglycémie dont elle était coutumière, dit-elle en regardant ailleurs. Gaspard lut entre les lignes fluettes de ses poignets, décoda les os à fleur de peau et ses hanches d'enfant, déchiffra sur ses chevilles de poulain une autre vérité, beaucoup plus noire celle-là.

Il allait avoir du boulot. Ça oui : il allait avoir sacrément du boulot.

Vers minuit, affamé comme un loup, il lui demanda ce qu'elle désirait. Si elle le voulait, il la ramènerait en bas du sentier pour qu'elle puisse rentrer, mais il préférerait la garder près de lui, lui préparer un souper léger, la voir s'endormir dans ses bras. Il ne demandait rien de plus à cette nuit qui débordait déjà de toutes les béatitudes. Stella le dévisagea en rongeant une petite peau à son pouce, l'air de le trouver franchement étonnant. Gaspard comprit que la courtoisie dont il faisait preuve à son égard était inconnue à la jeune femme. Il comprit plein de choses en très peu de temps : qu'elle était seule mais qu'elle n'avait peur de rien, comme certains chatons minuscules attaquent des chiens qui font vingt fois leur taille. Tout gros balourd qu'il était, ça le toucha si fort qu'il en courut dans sa cuisine pour ne pas se mettre à larmoyer lamentablement devant elle. Il rêva, enivré, de lui faire oublier toutes ses tristesses passées et présentes. Il noua en lui-même l'un de ces pactes qui est bien pire, et bien mieux, que tous les serments qu'on peut faire devant le maire ou le curé.

En ouvrant le frigo, il le trouva avec surprise rempli à craquer. Il se souvint de sa frénésie d'achats. Dans ce marché de Provence on trouvait tout ce qu'on voulait, des chèvres frais les plus parfumés aux tomates les plus juteuses, mais aussi des bouteilles de soja bio très chères signées par de célèbres chefs japonais.

Depuis quelques mois la bizarrerie de tout cela apparaissait à Gaspard dans toute sa splendeur. Que l'on appelle cela *fusion* ou *world*, haute gastronomie ou nouveau bistrot, tout n'allait pas avec tout, et si un tutu de danseuse pouvait être joli porté avec un blouson de motard (ensemble qui allait bien sur une danseuse, toutefois, pas sur un motard), un foie gras n'allait pas forcément avec de la confiture de fraises – ni, pis encore, avec des pétales de truffe... Pourquoi pas quelques grains de caviar aussi ? Il se rappela l'article d'un critique gastronomique – comment s'appelait-il, déjà ? ce type dont personne ne connaissait la tête et que tout le monde redoutait... – plus ou moins conçu dans ces termes :

« Est-ce original ? » – le critique, avec une feinte naïveté de bon aloi, se demandait cela à propos d'un tiramisu réinterprété par un collègue de Gaspard – « Oui, c'est original comme quelqu'un qui mettrait un entonnoir sur la tête. »

Gaspard se secoua. Du frigo en Inox qui trônait dans la vieille cuisine il sortit de quoi préparer un rêve de dîner, à défaut d'un dîner de rêve. Quelque chose que Stella pourrait avaler sans presque s'en apercevoir. Un souffle, des fragrances. Gaspard savait bien qu'une nappe est parfois le prélude à d'autres drapés. Qu'un vin caresse souvent avant la main. Il savait que le plaisir s'attise, puis s'éduque.

Il avait rarement été aussi énervé une casserole à la main.

Il lava une petite courgette avec sa fleur sous l'eau fraîche, l'éminça vite fait. Le plaisir qu'il ressentait à refaire des gestes simples le fit siffloter. Il entendait Stella aller et venir dans l'autre pièce, ouvrir les portes et les fenêtres. Un courant d'air tiède et parfumé s'infiltra dans la cuisine, le faisant frissonner. Gaspard avait les mains mouillées, le demi-citron glissa de ses doigts, il le rattrapa au vol comme un jongleur, en exprima le jus et ajouta quelques gouttes d'huile d'olive dans une poêle sous laquelle il alluma un feu assez vif. Il saisit ainsi très rapidement la fleur, ajouta quelques grains de sel, puis mit le tout dans une grande cuillère qu'il porta à Stella, lui demandant de fermer les yeux.

Elle renifla délicatement. Ses dents un peu en avant s'emparèrent de la cuillère, croquèrent le cru de la courgette. Elle respira la fleur, la prit dans sa bouche, mastiqua avec un plaisir évident, l'avala, puis sa langue sortit pour laper l'huile, le citron et le sel. Ensuite elle ouvrit les yeux, et lui dit : « Miam miam, Gaspard ! super miam miam ! »

Il venait de remporter le premier round.

Ils sortirent tous les deux dans la nuit qui respirait comme un chat endormi.

Les odeurs du jardin potager sauvage se mêlaient les unes aux autres. Le vert des plantes avait foncé et s'était argenté sous la lune, mais une fois les yeux habitués à cette clarté incertaine le monde n'apparaissait pas si complètement sombre. Gaspard demanda à Stella de choisir au nez les herbes qui lui plaisaient le plus.

Elle cueillit une pleine poignée de basilic – on restaurait les héros dans l'Antiquité avec ça, lui dit-il. Il rentra s'occuper de la suite.

Il plongea quelques grandes feuilles de basilic dans un peu d'huile bouillante, les cristallisant, puis les sécha sur du papier kraft. Il râpa un morceau de poutargue et déposa une miette sur chaque feuille – pari risqué, se dit-il, mais « quand le jeu devient dur, les durs se doivent de jouer », car ces œufs de mulet fumés ont un goût très prononcé auquel on accroche une fois pour toutes ou jamais. Il fit pleuvoir sur chacune de ces feuilles devenues transparentes une larme d'huile d'olive et dressa le tout sur une planchette en bois.

Pendant qu'il accomplissait ces opérations, il avait fait bouillir dans un grand faitout beaucoup d'eau dans laquelle il avait jeté des penne italiennes – les Martelli au paquet jaune, celles qu'il préférait. Il les égoutta soigneusement tout en continuant à siffloter, mélangea soigneusement un peu de fromage frais, quelques olives noires hachées et le basilic qui restait. Il sala, poivra, remplit soigneusement l'intérieur des penne de ce mélange à l'aide d'une cuillère à café et porta les assiettes dehors.

Assise en tailleur sous le tilleul au fond du verger,

Stella l'attendait tranquillement, la jupe bien tirée sur ses genoux.

Cette fois-ci, elle ne ferma pas les yeux. Elle se servit avec les doigts, les suçant quand l'huile d'olive commença à couler. Ils mangèrent en silence, et Gaspard se dit que ce n'était pas si difficile que ça, en fin de compte, de la faire manger : il suffisait de l'embrasser longtemps, et d'attendre que cela lui donne faim. Certes, par ailleurs ça allait être plus compliqué, il le sentait bien, mais quoi ? Il verrait bien.

Quand Stella soupira, repue, il la prit dans ses bras, passa la porte avec son fardeau aussi lourd, aussi frémissant qu'une feuille de peuplier, et la porta dans son grand lit, blanc sous la lune.

Il la but toute la nuit, comme il l'aurait fait d'une rose après la pluie.

Il se réveilla heureux comme jamais il ne l'avait été. Stella dormait encore dans ses bras. « Allez, en bobsleigh maintenant », avait-elle murmuré avant de sombrer, peu avant l'aube.

La vie ce matin était si belle que ça lui faisait peur. Il se dégagea lentement, s'étira et alla préparer le petit déjeuner dans la cuisine où le soleil entrait à flots.

Qu'avait-il eu besoin, Seigneur, d'avoir un restaurant trois étoiles ? Qu'avait-il eu besoin d'une blonde à particule à son bras, d'une carte de crédit en or ?

Il ne savait même pas si Stella buvait du thé ou du café. Il envisagea donc les deux options, et mit de l'eau à bouillir pour les œufs coque. Pendant que le pain grillait, il ouvrit la porte de la buvette. La rosée montait en vapeur sous les premiers rayons déjà tièdes, ça sentait les aiguilles des résineux ; ça sentait le café et le thé. Ça sentait une vie nouvelle qui commençait. Il fit quelques pas dans l'herbe, froissa la petite menthe sauvage, veloutée, sous la plante de ses pieds nus, et cueillit les premières myrtilles. On était déjà au mois d'août, la plénitude de l'été avertissait, du bord des frondaisons un peu jaunies par la chaleur des derniers jours, que l'automne viendrait trop vite. Gaspard eut encore une fois la trouille devant tous les cadeaux que la vie lui faisait. Il la combattit de la seule manière qu'il connaissait : en retournant dans sa cuisine.

Il écrasa grossièrement les myrtilles sur les tranches de pain chaud, les découpa pour en faire des mouillettes, ôta le haut des œufs d'un seul geste à l'aide d'un couteau – comme on sabre le champagne –, poussa la porte de la chambre avec le pied et posa le plateau sur le lit.

Stella se retourna lentement vers lui avec un grand sourire désorienté sous ses cheveux noirs ébouriffés. Ses salières creuses et son long cou sortaient des draps, presque aussi blancs que le lin. Ses yeux noirs semblaient encore plus sombres dans toute cette blancheur. Une mouche dans du lait, pensa Gaspard, le cœur grand comme une maison. Le cœur battant. Le cœur ouvert comme on ne l'a qu'à son premier amour, ou à son dernier. Stella fit un mouvement pour l'embrasser. Il tint fermement le plateau d'une main pendant qu'il se penchait vers elle, l'autre main cherchant, sous le drap, le sein qui n'était qu'une piqûre de moustique. Il était résolu à embrasser la jeune fille jusqu'au moment où elle aurait à nouveau faim, et à répéter cette opération chaque fois que cela deviendrait nécessaire.

À onze heures du matin arrivèrent les premiers clients. Stella l'aida à servir à table, s'amusant comme une folle, tournoyant parmi les verres et les tartines, les omelettes et les salades. Elle avait un carnet dans lequel elle notait tout ce qui lui paraissait digne d'intérêt : elle caricatura des clients, décrivit quelques plats, croqua, ébaucha et coloria, enthousiaste comme une fillette à laquelle on vient de donner des nouveaux crayons. Gaspard l'observa à la dérobée : la blessure de Stella n'était pas à découvert. On aurait dit qu'elle n'avait pas un seul souci au monde. Pourtant, il savait que quelque part quelque chose n'allait pas, et il ne pouvait qu'attendre pour en savoir plus. Il ne la connaissait pas. Il savait juste qu'il aurait donné sa vie pour elle.

Vers six heures du soir, après une courte sieste pas reposante du tout, on frappa à la porte de *Chez Tonton* : Bruno, le copain de Gaspard, était là avec sa petite fille. Quelques minutes après ils entendirent un vacarme sur lequel on ne pouvait pas se tromper. L'affreux petit Nick déboula avec Marisa sur ses pattes.

Gaspard soupira. Il y a des jours, des semaines, et même des années où il ne se passe rien, et puis il suffit d'une minute pour que la vie se transforme.

« Je suis née dans une famille où chaque anniversaire nous tous, frères et sœurs, nous nous congratulions les uns les autres d'être au monde et d'être ensemble. On félicitait maman, on l'emmenait déjeuner, on la couvrait de fleurs et de cadeaux. »

Marisa avait bu quelques verres du gris des Sables avec lequel Gaspard avait régalé ses hôtes – un vin qui ne coûtait pas cher et dont il s'était mis à aimer, en cet été parcimonieux, la délicate nuance cuivrée, le pâle soleil qui sentait le chocolat blanc et la poire. Il avait servi en même temps une coupelle de raisins secs trempés dans de l'huile de noix.

Une saveur en appelant une autre, il avait eu envie de leur proposer sur le pouce de grosses crevettes décortiquées, coupées en deux, aromatisées avec du persil plat. Ils les avaient grignotées accompagnées de quelques tuiles de vieux parmesan.

Maintenant Marisa était en train de lui assener ses anecdotes interminables, pendant que les autres dodelinaient de la tête, distraits et un peu éméchés. Ce soir-là, heureusement, il n'y avait pas eu de clients. Gaspard et Stella avaient pu se consacrer entièrement à Bruno et à Marisa.

« Le seul que personne ne remerciait de son apport, pourtant fondamental, reprit Marisa après une autre gorgée de vin, c'était papa. Les jours de fête il était encore plus grincheux que d'habitude... »

Stella connaissait l'histoire de Marisa pour l'avoir entendue mille fois ; normalement, ce qui suivait était un parallèle avec sa propre histoire à elle, Stella, et le pourquoi de leur amitié. Était-ce l'excès de gris ou la présence attentive de ces deux garçons doux, rassurants... Marisa bavardait beaucoup.

Stella soupira. Elle se tourna vers Bruno, avec qui elle se mit à échanger des mots à voix basse. Leila, sa petite fille, dormait déjà dans le hamac avec Nick dans les bras, après avoir joué avec lui dans le long crépuscule.

Gaspard sentait que Marisa, cette étrange femme coiffée en vieux violoncelliste, papotait à dessein. Elle ne le lâchait pas de ses petits yeux gris, pétillants d'intelligence.

La journée avait été l'une des plus chaudes de

l'été. Ce soir des coups de tonnerre grondaient au loin et des éclairs zébraient la vallée, mais dans ces collines on ne savait jamais si les orages allaient finir par éclater ou s'ils ne feraient que glisser sur les sommets. Il regarda les plats éparpillés sur la table en bois. Il serait toujours temps de s'occuper de la vaisselle.

Outre les mises en bouche, Gaspard avait eu le temps de préparer des pâtes brisées avec des tomates très mûres et du romarin, le tout provenant de son potager bizarre – s'il ne pleuvait pas, il allait falloir l'arroser au plus vite. Avec ses tartes il avait servi de minuscules chèvres demi-secs, avec du romarin et de l'huile d'olive, qui se dévoraient en une seule bouchée mouillée. Stella n'avait pas eu le temps de manger dans la journée, tout comme lui. Après quelques moues circonspectes, elle avait semblé apprécier cette suite de notes claires qui s'accolaient discrètement les unes aux autres. Marisa avait observé cela sans trop le montrer, mais sa vigilance n'avait pas échappé à Gaspard.

Bruno et Stella riaient. Marisa et Gaspard se levèrent d'un seul mouvement, comme s'ils s'étaient mis d'accord à l'avance.

« Je ne sais pas par où commencer, ni comment vous le dire. Comme ça, au nez, je vous trouve sympathique – je vous trouve très bien, en fait. Mais je ne sais quand même pas qui vous êtes au juste, et ça m'embête de vous confier ma Stella sans vous faire passer un sale quart d'heure. Non que je sois sa tutrice, ou que je sois responsable d'elle : elle est majeure et vaccinée, et libre de ses mouvements. »

Gaspard et Marisa avaient emprunté le sentier qui

menait au village. Les grillons leur faisaient un agréable fond sonore. Sous la lune, un peu plus grosse que la nuit d'avant, les cailloux étaient si clairs que le reste, autour, en paraissait d'autant plus noir. L'odeur mauve d'un champ de lavande commença à tout imbiber, d'abord l'air, puis leurs vêtements, finissant par percer jusqu'à leur peau. Marisa eut un geste brusque qui fit reculer Gaspard, mais elle voulait juste lui prendre le bras. Elle parlait avec une voix un peu éraillée :

« Vous avez dû vous en apercevoir, Stella n'est pas très solide. Elle est passée tout près du pire il n'y a pas si longtemps. Je l'ai accueillie dans ma vie comme on recueille un chat égaré. Rien que du classique : un père violent, une mère à la fois victime et complice. Ce n'est pas plus original que ça. Mais Stella a tout enfermé au fond d'elle, quitte à se fermer à la vie. Or, avec vous, j'ai l'impression qu'elle se détend. Je ne l'ai pas souvent vue si gaie, si légère. Et elle ne proteste pas quand vous lui dites d'ouvrir grand la bouche. Si je peux dire... pardon d'être maladroite... enfin, bon, dit-elle en s'énervant toute seule, vous n'êtes pas un petit garçon... »

Gaspard réprima un rire, le cacha dans un bâillement.

Marisa le considéra sans aménité, puis continua : « Avec moi, c'est toujours : je n'ai plus faim... j'ai trop déjeuné... j'ai un peu de nausée... quand elle ne m'envoie pas, tout simplement, sur les roses. Jamais je n'avais vu ça, pourtant on travaille ensemble depuis dix ans, et on est amies depuis neuf... Comment ? Qu'est-ce que vous dites ? Parlez plus fort, je suis un peu sourde de ce côté... Non, ce n'était pas un bébé quand je l'ai connue : à vingt ans Stella était déjà très douée, travailleuse, silencieuse. Très fragile. Je suis pour ainsi dire la seule personne en laquelle elle ait confiance. Et maintenant, très vite, trop vite à mon avis, il y a vous. »

Qu'allait-il répondre à cette adorable vieille bique ? Allait-il lui avouer la vérité ? Quelle vérité ? Qu'il était un homme en fuite, que cette vie n'était pas la sienne, que d'ailleurs il n'avait plus de vie, que son futur était des plus incertain, que deux mois plus tôt à peine il avait voulu se fiche en l'air pour une femme dont il avait découvert, depuis, qu'il n'était même pas amoureux. Et puis quoi ? Lui avouer son orgueil blessé, son rêve brisé ? Lui parler de cette nouvelle vie si précaire ? Il lui dit la seule chose qu'il pouvait lui confesser sans avoir à expliquer quoi que ce soit :

« Je l'aime, Marisa. »

Il aurait pu ajouter : « Je n'ai jamais aimé quelqu'un comme ça de ma vie. Tout ce que j'aurai, tout ce que je ferai sera pour elle, à elle. Je ne savais même pas que ça existait, mais je sais que je ne pourrais plus vivre si cela cessait d'exister un jour. À elle de décider. Moi, je n'ai plus le choix. »

Mais il se tut. Il plongea les mains dans les poches, donna des coups de pied dans les cailloux du sentier. Sous la lune, Marisa l'observa un long moment, mains ballantes le long de ses hanches osseuses. Ils rentrèrent bras dessus bras dessous *Chez Tonton*, silencieux et un peu effrayés.

Bruno et Leila, Marisa et Nick s'en allèrent le lendemain après moult étreintes et accolades. Marisa avait laissé un grand sac de marin pour Stella. Quels secrets les deux femmes avaient pu partager... Marisa avait enregistré l'absence de Stella, et elle en avait tiré les conclusions, lui apportant quelques affaires sur-le-champ. Le reste – l'interrogatoire de la veille, entre autres – n'était qu'une convention, comme lorsqu'on accorde la main de sa fille à son futur gendre : un rite, un passage obligé.

Stella bouda le déjeuner. Se cherchant quelque chose à faire, elle se souvint des rosiers frits dans le verger. Elle arrosait consciencieusement les plants de tomates, sa robe remontée et pincée à la taille pour ne pas la mouiller, les cheveux attachés, lorsqu'elle entendit Gaspard qui la hélait : « Eh ! Oh !... Olive... ! »

Elle se tourna lestement et le trempa des pieds à la tête. Ce fut la première et la seule fois où Gaspard la plaisanta sur son allure. Ce fut aussi la dernière fois où elle bouda son déjeuner.

Commença alors la plus belle période de l'été. Il faisait toujours aussi beau, toujours aussi bon ; les jours raccourcissaient pourtant à vue d'œil, des orages fréquents et rapides chassaient les marcheurs. Les cigales se taisaient plus tôt le soir.

Chez Tonton commença à être pris d'assaut par des pépères tranquilles, un peu pansus, qui arrivaient en ahanant et dégustaient religieusement le menu du jour – parfois, certains commandaient l'ardoise entière. Ils ne disaient pas un mot plus haut que l'autre, donnaient des pourboires royaux à Stella que cela amusait, repartaient en soupirant pour revenir deux ou trois jours après.

Un jour – on était début septembre, le temps volait –, Gaspard osa poser à Stella la question qui lui brûlait les lèvres : avait-elle recommencé à manger parce qu'elle était tombée amoureuse ? Était-ce le fruit d'une décision, ou quelque chose s'était déclenché tout naturellement ?

Elle réfléchit longtemps, tortillant une mèche autour d'un doigt jusqu'à ce qu'il devienne violet. Elle lui répondit : « J'ai commencé à t'aimer dès que j'ai compris que tu m'aimerais. Quand j'ai compris que je pouvais te faire confiance. Pour le reste, c'est comme si un manteau m'était tombé des épaules. Je ne sais pas comment c'est pour les autres, mais voilà ce que j'ai appris : cette chose immonde qu'on appelle anorexie vous tue tout en vous faisant croire que c'est vous qui êtes en train de gagner. »

Stella se tut. Gaspard resta coi. Puis elle lui raconta qu'une actrice connue avait un tatouage avec ces mots : « Ce qui me nourrit me tue. » Longtemps elle avait tourné autour de cette phrase comme un chien autour d'un trop gros os. Or, depuis qu'elle vivait près de Gaspard, elle comprenait que manger n'est pas se tuer à petit feu, mais entretenir son petit feu.

Gaspard songea avec satisfaction que pas une seule fois elle n'avait manifesté une réticence quelconque à propos de sa cuisine. Quand elle n'avait pas très faim, quand elle avait envie de quelque chose de pas « pénalisant » comme elle disait, il lui préparait des jus de légumes minute. Elle adorait quand il faisait fondre dans un gaspacho des glaçons aux feuilles de basilic. Elle aimait aussi le jus de cerise avec un glaçon de pastèque ; et, quand elle avait de l'appétit, il lui composait des nourritures plus consistantes, jouant sur des associations de saveurs simples : des rondelles de pomme de terre tièdes sur lesquelles il avait amoureusement déposé des pétales de truffe, une noix de Saint-Jacques en carpaccio avec une larme d'oursin sur une feuille de roquette, arrosée de trois gouttes d'huile d'olive. Il veillait à ce qu'elle ait ses protéines et ses vitamines quotidiennes.

En attendant, la saison tournait et la buvette ne désemplissait pas. Les articles élogieux se multipliaient dans la presse locale.

Et enfin.

Enfin.

Ce qui devait arriver arriva.

Personne ne savait qui il était. Personne ne connaissait sa tête, personne ne pouvait affirmer connaître son âge ou son extraction sociale. Il aurait pu être une femme, un moine, un Chinois. Peut-être était-il plusieurs personnes, d'ailleurs, peut-être était-ce une équipe formée par une lesbienne, un ancien syndicaliste, un golden boy et un rabbin. Son nom était l'équivalent d'un logo, valait de l'or sur le marché, aurait pu être coté en Bourse si seulement on avait pu savoir son identité... si on avait pu d'une manière ou d'une autre exercer un contrôle quelconque sur l'entité, la chose qui s'appelait Édouard David. Ou David Édouard. Ou encore Henri Vincent, Vincent Paul, et parfois Paul Henri ou Paul David.

C'était le critique gastronomique le plus redouté et le plus redoutable de France.

Lui-même – c'était un homme, en fait, ni jeune ni vieux – n'en avait pas grand-chose à faire, de tout ce qui se tramait derrière son dos, de toutes les manigances pour l'acheter ou pour le mettre K.-O.

Il était juste fatigué et un peu grincheux quand il arriva *Chez Tonton*. Il était égal à lui-même : il flottait entre méchanceté et gentillesse comme il flottait entre plusieurs femmes qui lui prenaient généralement la tête, parfois le cœur, souvent le chèque de la pension alimentaire. Il était un espion qui travaille dans un monde sans réelles frontières, avec des amis qui peuvent vous mettre une balle dans la tête à la fin d'un dîner et des ennemis qui peuvent vous sauver la vie. Il n'avait confiance en personne, et savait pertinemment que ses quelques proches n'avaient pas tout à fait confiance en lui non plus. Ses amis pensaient qu'il était avocat. Ses femmes ne pensaient pas à grand-chose. Lui, il pensait que tout le monde est un salaud, lui compris. Et quand il ne l'était pas, salaud – et ça arrivait –, ça le surprenait, comme tout ce qui était bon pouvait le surprendre. Il l'admettait, même si la règle, pour lui, était plutôt l'ombre que la lumière.

Stella accueillit le critique avec un sourire. Le soir était tombé depuis un bon moment, et l'humidité empêchait que l'on dîne à l'extérieur. Il pensa « C'est quoi ce trou ? » Puis : « Ça sent bigrement bon. » Et encore : « Tiens, la jolie poulette que voilà. » Les tables étaient toutes occupées sauf une petite, au fond de la salle, qu'elle lui indiqua.

Gaspard le vit entrer. Il était sur le seuil de sa cuisine, un torchon sur l'épaule, un poêlon noirci à la main où mijotaient les premiers cèpes de la saison. Il vit le regard que le critique lançait à Stella, et il éprouva pour l'homme une antipathie instantanée.

Le critique le regarda aussi, et reconnut immédiatement le chef mystérieusement disparu, celui sur le compte duquel le petit monde de la gastronomie commençait à murmurer toutes sortes d'indicibles secrets.

Il y avait eu tellement de tomates dans le verger que Stella ne savait plus trop quoi en faire. Gaspard lui avait appris, parmi mille autres choses toutes

simples, à les mettre au four pour les confire lentement, à feu doux. On les servait en entrée sur une
tartine de pain maison grillé, avec un demi-anchois
émietté et la somptueuse huile d'olive extra-vierge
qu'une vigoureuse agricultrice du coin leur vendait
sous le coude.

Une autre partie de ces tomates servait à confec-
tionner un plat que le critique commanda ce soir-là.
Stella adorait ce « Fondant sucré pour un croquant » :
Gaspard avait mis cet intitulé à la carte à sa demande.
C'était l'un de ceux qu'il avait créés pour elle avec
les premières châtaignes : il les poêlait, les coupait
en tranches, puis les superposait aux quartiers de
tomates confites en les arrosant d'huile d'olive. Le
croquant des tomates était gorgé du soleil féroce de
ces quelques mois et le fondant des châtaignes fari-
neux, presque neutre au goût mais d'une texture
olympienne.

Le critique dégusta, cligna des yeux, ne dit rien.

Gaspard lui apporta lui-même la crème de char-
lotte aux violettes, écartant d'un geste Stella qui, fine
mouche, avait senti l'odeur de roussi. Elle l'avait attri-
buée à un courroux de coqs, et ne s'était pas ques-
tionnée plus avant.

Pour bâtir ce plat rustique et tendre, Gaspard avait
fait un simplissime potage avec des pommes de terre
moulinées très finement, puis passées au tamis. Sur
une cuillerée de gelée de violette et de crème fraîche
il avait ensuite déposé deux louchées de ce bouillon,
avec deux fleurs de bourrache sur le dessus.

Le critique termina son repas sur une figue au
caramel poêlée avec quelques filaments de safran. Un
vin blanc de pays qui ressemblait à s'y méprendre à
du saint-joseph (et c'en était, car Gaspard en avait
gardé quelques bouteilles d'une livraison « clandes-

tine » envoyée par son ami Bruno), servi en carafe, avait caressé l'ensemble des saveurs de son velouté puissant. Le tilleul et l'aubépine roulaient encore dans la bouche du critique, lequel n'en revenait pas de la vigueur de ce vin qu'il ne reconnaissait pas, comme on ne reconnaîtrait pas la boulangère chez laquelle on se sert tous les jours si on la voyait à l'Opéra.

Le critique, qui en vrai pervers savait discerner l'évidence, n'avait pu que s'incliner devant l'équilibre de ce dîner soi-disant sommaire. Ce type n'était pas un sosie : Gaspard Coimbra lui-même avait officié avec les moyens du bord. *The world's best chief in the artistic category*, un fugueur farfelu qui avait peut-être maille à partir avec le fisc, ou avec sa femme, qui sait. Peu importe, car en tout cas, en ce qui le concernait c'en était fini de l'aventure. Il ramènerait une bonne prise ce coup-ci.

Ça faisait un moment qu'au journal les chefs ennuyaient « l'entité » Édouard Henri : les ventes du supplément gastronomique du célèbre quotidien national étaient au plus bas, à tel point que les encarts de publicité allaient devoir baisser leurs tarifs si ça continuait.

Eh bien, là, il tenait son scoop. Il se leva en oscillant, car les carafes s'étaient succédé et il n'avait pas l'habitude de boire. Curieusement, Édouard Henri concevait son travail de critique comme une destinée, et il l'accomplissait avec une austérité à laquelle personne n'aurait pu croire : quoi, un type qui passait son temps à manger et à boire était l'exact contraire d'un sybarite ?

Le critique savait bien les ravages que ce travail pouvait vous infliger : certains de ses collègues en avaient perdu toute figure humaine.

Lui, son épicurisme le gardait alerte, son dandysme

lui faisait restreindre au possible l'apport des calories quotidiennes et son extravagante droiture le tenait d'aplomb dans ses bottes ; quant à sa méchanceté, elle le maintenait sain et sec comme un coup de trique. Il paya une addition ridiculement peu élevée, et se dirigea vers la sortie.

Gaspard n'en dormit pas de la nuit. Il se tourna et se retourna dans le grand lit aux côtés de Stella, qui ronronnait doucement dans son sommeil. La tête du type de ce soir ne lui revenait pas, ni le regard qu'il avait d'abord jeté à Stella, l'oubliant carrément à la fin, quand il était parti avec une drôle de lueur dans les yeux, lui faisant presque un clin d'œil. Mais pourquoi, grands dieux, un mec qu'il ne connaissait pas lui ferait-il de l'œil ?

Cette tête... connaissait-il cette tête ? L'avait-il déjà vue ? et où ? Cette tête de gentil garçon pas si gentil que ça, ce maintien presque effacé chez quelqu'un qui ne l'était visiblement pas, cette manière concentrée de manger, pas du tout comme les petits gros qui venaient à midi, qui délaçaient leur ceinture et déboutonnaient leurs pantalons, ni comme les frimeurs parisiens, des gogos qui auraient tout avalé, pas en couple, ni avec un copain, seul comme un évadé, seul comme un mec en mission. Seul comme un critique gastronomique.

Gaspard réveilla Stella. Il dut la secouer car elle dormait à poings fermés. Elle le regarda comme s'il était devenu fou. Sous ses cheveux en tempête, les yeux de Gaspard étaient passés de leur bleu habituel au rouge intense.

« Réveille-toi, mon amour. J'ai quelque chose à te dire. »

« Maintenant ? répondit Stella en se frottant les yeux. Ça ne peut pas attendre demain matin ? »

« Maintenant. J'ai déjà attendu trop longtemps. » Il s'arrêta, embarrassé, puis reprit :

« Je ne suis pas du tout... eh bien... qui tu penses que je suis. Je t'ai menti, mon adorée.

« Cette vie qui nous ressemble, un peu autistique, un peu égoïste... tout ça – et il regarda autour de lui la chambre claire, comme un bateau cinglant dans la nuit sombre –, c'est fini. J'espère seulement que tu ne m'en veux pas trop... de mon mensonge... de mon omission de vérité, plutôt.

« Le type de ce soir... c'est un journaliste, je crois. Un critique gastronomique. Il me connaît. Sûrement. Je suis très connu, tout au moins dans ma profession... Enfin, voilà », lui dit-il, étirant ses derniers mots dans un soupir un peu las.

« En quoi ça change, grand sot ? répliqua-t-elle. Je sais que tu es formidable, et ça ne m'étonne pas qu'on le sache. Et puis... C'était quoi la formule, dans l'ancienne Rome ? *Ubi tu Caius ego Caia.* Je serai là où tu es. Le reste, je m'en fiche. »

Elle aussi contempla la chambre paisible, blanche de murs et de draps. Mais le sommeil était loin, désormais. Ils restèrent collés l'un à l'autre pendant le reste de la nuit, les yeux ouverts, chacun perdu dans ses pensées secrètes.

L'incandescence s'accommode-t-elle du bonheur ? Le bonheur, de l'incandescence ? La tranquillité, de la passion ? La passion, de la vie ensemble ? Marche-t-on ailleurs que sur un fil quand on vit réellement sa vie au lieu de la subir ?

Telles furent les questions que Gaspard et Stella se posèrent pendant cette nuit mémorable, nuit de l'équinoxe d'automne. Ils n'avaient encore rien résolu lorsque l'aube se leva, blême. Il pleuvait. La fin de l'été avait apporté cette pluie froide, grise, égale.

Ils se levèrent très tôt, un peu démoralisés, prirent un petit déjeuner anormalement silencieux, puis Stella se prépara pour descendre à Bijoux. Elle mit ses bottes et son imperméable rouges qui la faisaient ressembler au Petit Chaperon, embrassa un Gaspard plus échevelé que jamais et commença à dévaler le chemin, tête baissée, soucieuse.

Lorsque, cinq minutes plus tard, elle revint en trébuchant sous la pluie, Gaspard sortit en courant pour aller à sa rencontre, s'attendant à une mauvaise nouvelle.

La nouvelle était effectivement mauvaise, voire très mauvaise. Ou bonne, peut-être. Va savoir.

Le critique gisait, brûlant de fièvre, une jambe cassée, après le premier lacet sur le sentier du village. Avant de sombrer il avait dû vouloir appeler au secours, mais dans la chute son portable s'était brisé. Il avait passé toute la nuit sous la pluie battante, une mince veste pour toute protection.

« Je vais descendre au village... appeler les pompiers, les urgences, un médecin... Reste à côté de lui, Stella, je vais faire vite. Attends-moi. »

Affolé, Gaspard enfilait un blouson lorsque Stella feula quelques mots qui le bloquèrent net.

« Tais-toi... pardon mon amour, mais tais-toi, quoi. Et aide-moi plutôt à le transporter à la maison. »

Le transbahuter jusqu'au grenier ne fut pas une mince affaire. Gaspard pesait tranquillement quatre-vingts kilos pour un mètre quatre-vingt-cinq et le critique était un gringalet, mais c'était un poids mort, et sans Stella pour lui tenir les jambes il n'y serait pas arrivé.

Ils le déposèrent sur une paillasse en feuilles de maïs que Stella se mit à arranger vite et efficacement, apportant des couvertures et des oreillers pendant que Gaspard se grattait la tête en la regardant.

Il n'osait plus rien lui dire, vu la manière dont il s'était fait recevoir tout à l'heure. Stella allait et venait ; elle apporta de l'eau chaude, lava avec une éponge le critique qui ne se défendait pas, après l'avoir déshabillé en lui découpant les habits – elle utilisa pour cela les ciseaux de cuisine de Gaspard. Un frisson très désagréable traversa le dos du chef en voyant l'ustensile disproportionné dans les mains de sa chérie.

Elle était véritablement à son affaire, jolie petite fille jouant à l'infirmière. Elle tâta la jambe d'Édouard, la pansa et la sangla étroitement, puis fit un sourire à Gaspard. Elle lui dit dans l'oreille :

« Même pas cassée, juste une luxation. Mais je l'ai bandée très fort, et on lui fera croire que c'est grave. La fièvre, c'est juste un refroidissement, ne t'inquiète pas. Regarde-le, il s'endort. Allons-nous-en, nous lui parlerons après son somme, à ce cher... comment as-tu dit qu'il s'appelait, déjà ? »

Il n'osa pas lui demander comment elle savait que la jambe du critique n'était pas cassée. Visiblement elle était sûre de son fait. Un stage de secouriste, ou autre chose, qui sait... Il se dit que ce n'est pas parce qu'on aime quelqu'un ou parce qu'on vit avec qu'on le connaît réellement. Mais ça, c'était quelque chose qu'il savait déjà.

Il mit les vêtements du critique à la poubelle. Il n'avait pu sauver des ciseaux de Stella que la très belle chemise et les effroyables chaussures en peau de zébu. Il plaça la chemise sur un cintre et cacha les chaussures au fond d'une armoire, hors de sa vue, les tenant de deux doigts comme il l'aurait fait avec une couche-culotte pas propre.

« Comment vous appelez-vous, pour de vrai, je veux dire ?

— Allez vous faire voir.

— Ça, ça n'est pas gentil. Je vais continuer à vous lire le livre, puisque vous ne voulez pas me parler. Il est bien, non ? *Misery* est sans doute l'un des meilleurs romans de Stephen King. Quand j'en aurai assez de lire, je vous croquerai encore un peu – ce n'est que justice. Je suis bonne en dessin, vous savez ? J'ai fait de formidables portraits de vous pendant que vous dormiez. Je vous montrerai si vous êtes sage : c'est très ressemblant. »

Stella et le critique s'affrontaient ainsi depuis le matin. Gaspard écoutait en bas dans la cuisine, inquiet et agité : qu'est-ce qu'elle avait en tête, Stella ? Où voulait-elle en venir ?

La journée et la nuit avaient été longues. Stella s'était très bien occupée du malade, lui faisant boire des tisanes et des bouillons, prendre des aspirines quand la fièvre montait. Elle ne cessait de lui poser des questions sur lui, sur sa vie, « sa vraie vie » comme elle disait, auxquelles il ne répondait pas. Il n'avait pas de papiers – ils étaient probablement restés dans sa voiture, garée quelque part en bas, à Bijoux. Il n'avait qu'une American Express au nom d'Édouard Henri.

Le critique céda d'un coup, comme une digue sous une pluie qui n'en finit pas. Gaspard l'entendit murmurer avec un filet de voix :

« Je m'appelle Jules Marie Jules. »

Le silence s'installa dans le grenier. Puis la voix de Stella, très sérieuse :

« Jules... c'est le nom ou le prénom ?

— Je vous emmerde, mademoiselle. Appelez un docteur, je souffre atrocement. Vous allez avoir des problèmes, vous savez, on ne peut pas séquestrer quelqu'un comme ça... je vous dénoncerai.

— Calmez-vous, Jules. Personne ne sait que vous êtes ici, non ? Considérez ceci comme des vacances. On va vous faire des bonnes choses à manger. Vous vous reposerez. Je vous lirai cet excellent ouvrage... j'adore quand l'écrivain veut se barrer et quand sa geôlière est obligée de lui couper la jambe. Le suspense est excellent, vous ne trouvez pas ?

— Oh, Seigneur, vous êtes folle !

— Ce n'est pas bien de jurer. Je vais vous quitter, vous avez sans doute envie d'un peu de *privacy*. Appelez-moi si vous avez besoin que je vous rapproche le pot de chambre. »

Gaspard entendit du remue-ménage, les pas de Stella sur l'échelle de meunier, puis à nouveau la voix du critique :

« Mais qu'est-ce que vous voulez à la fin ? »

Stella revint vers lui, mais elle dut parler très près de son visage, car Gaspard n'entendit pas la réponse.

« Mais qu'est-ce que tu veux à la fin ? » demanda Gaspard à Stella.

« Tu as confiance en moi ? Alors attends, et tu verras », lui répondit-elle. À cet instant quelqu'un frappa à la porte de la buvette, qui était restée fermée au cours de cette matinée bien agitée. Lorsque Gaspard ouvrit il se retrouva devant la bonne bouille d'un gars qu'il lui semblait avoir déjà vu. Il lui ferma la porte au nez : « *Chez Tonton* est fermé aujourd'hui. »

L'autre frappa à nouveau, et Gaspard rouvrit exaspéré, prêt à envoyer le type au diable.

« Vous ne me remettez pas ? C'est moi, Guymar. Le neveu de la vieille. Le patron, quoi. »

Gaspard le serra frénétiquement dans les bras, lui hurlant la bienvenue dans les oreilles, le coinçant dans une accolade enthousiaste pendant que Stella montait au grenier à toute vitesse.

Mais Jules M. Jules ne cria pas à l'aide. S'il ne dormait pas, il faisait semblant de tout son cœur, les mains sous la joue, un sourire radieux aux lèvres. Ni cette fois-là ni les suivantes il ne se manifesta lorsqu'il y avait des clients.

Le marché que Stella lui avait mis en main était très simple : « Vous avez bien plus à perdre que Gaspard si je dévoile votre identité et votre visage. Je sais qui vous êtes, j'ai des magnifiques portraits de vous, de face et de profil, dans mon carnet. Alors fichez-nous la paix, et on vous la fichera aussi. »

Depuis, personne n'en avait plus parlé, et les journées paisibles de ce début d'automne s'étaient égrenées, toutes douces. Guymar était revenu plusieurs fois, flairant une très bonne affaire possible, mais Gaspard et Stella restèrent dans le vague quant au sort de la buvette.

Le critique ne se plaignait jamais de rien, toujours tranquille et d'humeur égale. Il n'avait pas de vices, ne ronflait pas, ne fumait pas le cigare ; c'était un vieux petit garçon propre et un peu maniaque, une sorte de faux monstre avec une tête de Titi, des cheveux tout fins et de jolis yeux noisette. Mais quand il ouvrait le bec, on pouvait discerner la mâchoire du crocodile.

Dès que sa jambe dégonfla, Stella lui défit les pansements, et on le vit vagabonder allégrement avec sa badine, traînant ici et là, gémissant quand on voulait le faire déguerpir, se mettant à table avec une régularité d'horloge, dormant toutes les nuits comme un loir, se réveillant à dix heures le matin.

« L'arrière-saison est d'une tendresse exquise, cette année », disait Jules M. Jules, qui parlait fleuri. Stella lui avait coupé des costumes dans de vieux velours mités trouvés dans une malle. Cela lui allait parfaitement, même si ça jurait épouvantablement avec ses horribles chaussures pointues en peau de zébu.

Elle avait de longs entretiens avec lui. Elle riait à gorge déployée, le critique ricanait. Gaspard se demandait ce qu'ils pouvaient avoir à se raconter. Ça s'éternisait.

Il fallut bel et bien le mettre à la porte.

Ils l'accompagnèrent en le soutenant jusqu'à sa voiture le jour où ils réussirent enfin à s'en débarrasser. Le critique tint à embrasser Stella sur les deux joues et gratifia Gaspard d'une franche poignée de main. Il les remercia mille fois de leur accueil, leur disant que depuis très longtemps il n'avait pas été aussi heureux. Avant de monter dans sa voiture, une vieille américaine rouge et blanc des années cinquante, il leur avoua qu'il avait particulièrement aimé être le prisonnier de Stella.

Gaspard n'avait qu'une envie : le voir disparaître au plus vite avant de lui mettre son poing dans la figure. Son antipathie et sa méfiance ne s'étaient pas taries pendant cette période de cohabitation forcée. Jules M. Jules mit le contact, enfila un disque des

Beach Boys dans le lecteur et partit dans un nuage de poussière.

« Bon débarras » fut le commentaire laconique de Gaspard. Stella, elle, ne dit rien. Elle en était venue à bien l'aimer, même si, en se rendant compte de cela, elle s'était souvenue de la fable du scorpion et de la grenouille.

Stella l'attendait avec hâte, cette nuit où ils allaient enfin être seuls. Elle aussi avait cultivé son secret. Elle n'avait pas osé le révéler à Gaspard avant d'en être tout à fait sûre. Elle se blottit contre lui et le lui murmura, tout bas.

Gaspard bondit du lit dans le noir, revint avec une bouteille de vin. Le nom de ce *bollicine* – petites bulles – était *Saten*, satin avec l'accent italien. Il en arrosa le lit et le corps de son amoureuse. Elle rit pendant qu'il la léchait partout, la chatouillant de sa grosse langue de chat. Leurs lèvres mêlées sentaient la figue et la vanille, le réglisse et les fruits confits.

Feu et glace, dit-elle, soie et bois, confiture de figues, cèdre et caramel.

Quand elle lui prit la tête entre les mains, le priant de s'arrêter car elle n'en pouvait plus, elle vit que de grosses larmes lui sillonnaient le visage. Alors elle l'embrassa comme les femmes embrassent les hommes pour les consoler de ne jamais les comprendre tout à fait.

Épilogue

Gaspard et Stella rentrèrent à Paris dans le 4 × 4 qui embaumait la lavande. Guymar, le neveu, obtint de Gaspard qu'il lui envoie l'un de ses jeunes assistants, l'été suivant. Avec sa présence en guest star, de temps à autre, *Chez Tonton j'ai faim* entamait une deuxième carrière.

Gaspard eut une conversation parfaitement civilisée avec Paul et Violaine. Il leur remettait le restaurant, il se fichait de la maison, mais il allait rouvrir son propre établissement avec son second, qui tenait absolument à continuer à travailler avec lui.

Violaine le fixa de ses jolis yeux pervenche pendant tout l'entretien. Elle frotta sa rotule de pur-sang contre sa cuisse. Il en fut embarrassé – pour elle. Elle semblait beaucoup s'ennuyer.

Chacun finit par ressembler à ce qu'il est, songea Gaspard. Paul réussit quand même à le surprendre lorsqu'il lui demanda s'il ne voulait pas qu'il continue à s'occuper de ses affaires.

Stella était plus belle que jamais dans sa robe de grossesse à l'ouverture de la *Cantina Stella*, quinze tables en bois et des vaisselles dépareillées qu'elle avait chinées elle-même. Menu fixe à 40 euros, plus le vin.

Le soir de l'inauguration le Tout-Paris se pressait dans la salle, dans la cour pavée et jusque dans la rue.

Bruno était là avec Leila, Marisa avait mis un très joli collier à l'affreux petit Nick et bavardait avec tout le monde.

À la fin de la soirée, un étrange gaucho aux cheveux très noirs et à la moustache tombante vint faire un baisemain à Stella, puis s'esquiva. Elle eut à peine le temps de voir que sa moustache était mal collée et sa perruque de travers.

Puis elle reconnut les chaussures pointues en peau de zébu, et elle éclata de rire.

Simonetta Greggio
dans Le Livre de Poche

Col de l'Ange   n° 31525

Nunzio, architecte, a disparu depuis dix-sept jours en
laissant derrière lui ses affaires, ses clients, son amant
et son amie Blue. Il est mort et il est le seul à connaître
la vérité.

Dolce Vita 1959-1979   n° 32563

Affaires de mœurs, scandales financiers, Brigades rouges,
attentats à la bombe, enlèvement et meurtre d'Aldo Moro,
mort de Pasolini, intrigues au Vatican... Le portrait de
l'Italie entre 1959 et 1979.

La Douceur des hommes   n° 30745

« Toute ma vie, j'ai aimé, bu, mangé, fumé, ri, dormi,
lu. De l'avoir si bien fait, on m'a blâmée de l'avoir trop
fait. Je me suis bagarrée avec les hommes pendant plus
de soixante ans. Je les ai aimés, épousés, maudits, délais-
sés. Je les ai adorés et détestés, mais jamais je n'ai pu
m'en passer... »

Étoiles   n° 31070

Fable moderne sous le soleil de Provence, ode à l'amour
et à la gastronomie.

Les Mains nues   n° 31985

Emma, la quarantaine solitaire, est vétérinaire à la campagne. Giovanni, un adolescent fugueur de quatorze ans
dont elle a autrefois connu les parents, resurgit dans
sa vie.

L'Odeur du figuier   n° 32720

Cinq histoires dont le point commun est une odeur de
figuier sauvage, une senteur d'été, d'enfance, de nostalgie,
un parfum de délicieuse mélancolie, comme une chanson
qui ramènerait à une époque oubliée.

Le Livre de Poche s'engage pour
l'environnement en réduisant
l'empreinte carbone de ses livres.
Celle de cet exemplaire est de :
200 g éq. CO$_2$
Rendez-vous sur
www.livredepoche-durable.fr

PAPIER À BASE DE
FIBRES CERTIFIÉES

Composition réalisée par IGS-CP

Achevé d'imprimer en mai 2014 en Espagne par
Black Print CPI Iberica, S.L.
Sant Andreu de la Barca (08740)
Dépôt légal 1ʳᵉ publication : août 2008
Édition 02 – mai 2014
LIBRAIRIE GÉNÉRALE FRANÇAISE – 31, rue de Fleurus – 75278 Paris Cedex 06